Face à la pente

DE LA MÊME AUTRICE

Chanson pour bestioles, Actes Sud, 2008. Prix de la Closerie des Lilas ; Bourse de la découverte Fondation Prince Pierre de Monaco

Pencher pour, Actes Sud, 2010

Pouvoirs magiques, Actes Sud, 2015 ; Babel (Actes Sud), 2018

Clientèle, Actes Sud, 2018

1

Traverser l'Asie en train.

Donner des cours d'alphabétisation, prendre des cours de cuisine, se former à la permaculture. Monter une association pour promouvoir la lecture auprès des enfants. Reprendre le piano.

Faire des stages de clown – on dit qu'en principe, après quatre ou cinq jours, on trouve *son* clown.

Se former au zéro déchet domestique.

Je vivais sous une bruine continue de conseils, un pépiement perpétuel sur la façon d'occuper la nouvelle vie que j'entamerais tout prochainement : la préretraite.

« Une chance ! » m'avait-on expliqué.

« Ça ne se fait que dans les grandes entreprises, les opulentes ! » m'avait-on précisé.

Pour permettre une réduction d'effectifs en douceur, les plus vieux renoncent à travailler jusqu'à la vraie retraite, en contrepartie d'un quasi-salaire avantageux. « Ainsi, on peut embaucher des jeunes ! » m'avait-on promis.

Moins chers et plus malléables, les jeunes.

J'avais cependant signé, expressément accepté, et m'apprêtais ainsi à terminer une carrière aussi honorable qu'inutile. Mon dernier poste, *chargée de mission en mobilité professionnelle*, ne m'avait pas intéressée du tout, aussi ma mission s'était-elle parfaitement déroulée. Je n'avais rien inquiété, rien dérangé, à peine commenté. Collègue aimable, interventions minimales en réunion, sans la moindre velléité de contestation, j'appliquais d'obscurs *process*, rédigeais des *débriefs*, truffais mes messages d'*asap*. Christine, chargée de recrutement, partageait souvent mon *espace modulable de travail*. Son adhésion énergique aux valeurs de l'entreprise me servait de grosse plante verte derrière laquelle me planquer. Les déjeuners avec elle étaient joyeux et simples, il suffisait de l'écouter et de sourire. De temps en temps, une nouvelle recrue s'approchait de notre table, son plateau dans les mains, pour exprimer sa joie d'avoir intégré cette grosse mécanique, et cet enthousiasme semblait toujours parfaitement sincère.

Bientôt, je recouvrerais une certaine liberté : à moi d'imaginer la suite. J'avais été orthophoniste puis animatrice radio, formatrice, rédactrice pour le web, chroniqueuse pour fanzines, parolière pour artiste débutant. Les mots, j'avais toujours misé sur eux. Les prononcer, les écrire, les chanter, les choisir et les associer. Un léger trouble me prenait parfois car force était de constater que certains avaient disparu ou changé de sens, quand d'autres étaient rabâchés, mâchés à contresens, confondus, trahis, mais ça allait, ça irait. Je m'en débrouillerais. J'étais adaptable, confiante, curieuse, toujours robuste malgré quelques douleurs articulaires, mes cheveux blancs soigneusement teints.

*

C'est à cette époque que mon amie Laurence, que je connaissais depuis l'école primaire, m'a demandé de l'accompagner dans une visite particulière : elle souhaitait consulter un médium.

— Un médium ? me suis-je récriée.

— Oui, je sais, tu ne crois pas à tout ça. Justement, j'ai besoin de quelqu'un comme toi près de moi, pour équilibrer.

— Je ne sais pas comment tu peux avoir envie de connaître ton avenir. Je détesterais ça. Surtout en ce moment !

— Mais un médium ne dit pas l'avenir ! Il entre en contact avec les morts et te délivre leur message.

Un frisson a parcouru mon crâne, j'ai ouvert de grands yeux sur des visions d'horreur. Laurence a ri avec beaucoup de décontraction :

— Fais pas cette tête. Je sais ce que tu penses, mais qu'est-ce que je risque ? J'en ai besoin. Je voudrais l'avis de mon père sur une chose.

Elle disait ça tout uniment, de son air heureux qui désamorçait la contestation. Je l'avais connu, son père, c'est de lui qu'elle tenait cet allant confiant, cette joie bonhomme. Tout de même, ce besoin irrépressible d'être rassurée, même par des boniments, quitte à payer... ça m'échappait.

— Alors, tu m'accompagnes ? Si ça se trouve, ça te plaira. Samedi à onze heures, sur le pont Alexandre III. C'est là que ça se passera. Je serai filmée, en échange il me fait un prix.

— Comment ça, il te reçoit en plein air ?

— Oui, c'est plus naturel, plus simple. Il a un caméraman très discret. Il poste de temps en temps une séance sur YouTube, ça lui fait de la publicité. Va voir ! Il est très connu, tu sais.

Convoquer les morts dans le jour cru, dans le bruit des voitures, sous l'œil d'une caméra ! J'aurais encore préféré le folklore d'un bureau sombre saturé d'encens, aux lourdes tentures brodées de signes ésotériques.

— Allez, dis oui ! a insisté Laurence avec cette moue gourmande que je lui connaissais depuis toujours.

Le samedi suivant, je l'ai attendue en contrebas du pont, dans un café installé sur une péniche. Deux serveurs désœuvrés discutaient, accoudés au bar. Le plus jeune s'étonnait que chaque année vécue lui semble plus brève que la précédente. C'est simple, répondait l'autre : plus on vieillit, moins lourd pèse une année dans le total de ce que nous avons déjà engrangé. Les douze derniers mois sont une fraction toujours plus mince, serrée entre les autres, une trace toujours plus fine dans le millefeuille de notre existence. D'où la sensation d'accélération, et qu'on vive de plus en plus vieux n'y change rien, au contraire.

C'est vrai : à cinq ans, le prochain Noël nous paraît un futur désespérément lointain ; à cinquante ans, tout aura lieu après-demain. J'avais cinquante-huit ans révolus. D'après l'Insee, l'âge médian en France était de quarante-trois ans pour les femmes, et leur espérance de vie de quatre-vingt-cinq ans et quatre mois. Il était aussitôt précisé que l'espérance de vie ne s'entendait pas forcément *en bonne santé*. Pour une femme, vivre sans incapacité était un espoir raisonnable jusqu'à l'âge, en moyenne, de soixante-dix-sept ans.

L'*entre-deux-âges* était passé, je me trouvais une coudée plus loin, ce n'était pas encore la vieillesse, mais un étrange gué, un endroit sans nom où barboter.

Un bateau-mouche est passé près de nous, bondé de touristes hilares qui nous faisaient signe. La péniche a tressauté sur les remous. Laurence est arrivée, souriante mais nerveuse. Éric le médium serait sur le pont dans dix minutes, avec son caméraman.

— Au téléphone, vous vous êtes tout de même un peu parlé ? Tu lui as dit quelle question tu voulais poser à ton père ? ai-je demandé, perfide.

— Je lui ai donné mon nom et mon âge, mais il n'a même pas voulu savoir avec qui je cherchais à communiquer.

— Avec un nom, sur internet, on trouve beaucoup de choses... Par exemple, que ton père était artiste peintre, et qu'il est mort.

— Oui, ça, je me doute. Mais ça ne lui dit pas ce que mon père pourrait répondre à ma question, ni même quelle est cette question ! On verra bien. On y va ?

Au milieu du pont se tenait un banal quinquagénaire aux cheveux courts poivre et sel, les yeux clairs et vifs, serré dans un de ces anoraks légers en fins boudins synthétiques. Il papotait avec un jeune barbu qui tripotait une minuscule caméra.

— C'est lui, a soufflé Laurence.

Éric aurait pu être artisan chauffagiste ou entraîneur de foot, à la rigueur député centriste d'une circonscription rurale. Laurence l'a rejoint. Moi, je me suis accoudée au parapet, scrutant l'eau pour me faire discrète. Plus loin, une Asiatique posait pour la photo en robe de mariée, sa traîne déployée sur le large trottoir, sous les somptueux lampadaires à angelots de bronze. Des bribes de phrases voletaient jusqu'à moi : Éric expliquait à Laurence le déroulement de la séance. Ce ton joyeux, tonique, sportif même, sans une once de solennité ni de mystère ! J'ai jeté un coup d'œil. Laurence glissait à l'oreille du médium la question à poser à son père. Il écoutait, hochant la tête, yeux fermés, sourcils froncés, comme s'il laissait passer un élancement dans une gencive. Puis il a fait signe à son caméraman, a saisi les épaules de Laurence, les a serrées avec un sourire de coach :

— Allons-y !

Éric s'est mis à parler en déambulant sur le trottoir, courts allers-retours entre chaussée et rambarde que mon amie suivait de son mieux. Il décrivait ce que le mort, convoqué et subitement surgi en lui, mimait ou racontait. Porte-parole hésitant ou ventriloque à hoquet, Éric débitait les mots du mort comme s'il suivait un prompteur mal réglé, par saccades, s'accompagnant de gestes pour mieux extirper de lui les messages. En transe, indifférent aux passants, au caméraman qui lui tournait autour.

Mon amie écoutait de tout son visage, opinait, extatique, les larmes aux yeux. Je me suis éloignée, gênée.

Ça me faisait mal de la voir subjuguée par cet habile baratineur. J'ai tapé « Éric médium » sur mon smartphone : ses vidéos étaient lestées de milliers de commentaires enthousiastes, nombre de starlettes se vantaient de l'avoir consulté et d'avoir pu bénéficier de son don extraordinaire, forcément extraordinaire.

Après une quinzaine de minutes, Éric a ralenti son débit, s'est asséché, puis tu. Il s'est planté face à Laurence, un peu sonnée, le caméraman éteignait son matériel, c'était fini. Je me suis approchée, prête à emmener mon amie et à décamper, mais Éric a posé une main sur mon bras :

— Excusez-moi, vous êtes de la famille ? Ah non, une amie ? C'est drôle, je dois vous dire que quelqu'un me visite avec insistance depuis quelques minutes, je crois que c'est pour vous. Oui, oui ! Un message pour vous, vous êtes clairement désignée, sinon je ne me permettrais pas... La personne qui me visite avec beaucoup d'énergie est une personne très petite... très petite mais très déterminée... – Éric remontait en puissance, reprenait de la vitesse, de l'animation –, un individu vraiment minuscule, replié, un petit garçon, non, plus petit encore, un poupon, un bébé, coincé par des fils, des tuyaux, entravé. Il n'a pas de voix, ah non, tiens, il n'a pas de voix, il n'en a jamais eu, mais il a des pensées très claires, les idées nettes. J'entends ses pensées comme j'entendrais ses cris, et il veut vous parler... Vous voyez de qui il s'agit ? Peut-être avez-vous perdu un enfant en bas âge ?... Ah non, il me fait signe que non... Il est né à peu près à la même époque que vous, mais il est resté tout petit. Ah... c'est un frère ? Un frère mort peu après sa naissance, c'est ça ? C'est ça, parfait, nous y sommes. Alors écoutez… quel est votre prénom ?

— L… Léonore, ai-je soufflé, glacée.

— Léonore. Ce frère mort-né, ce grand frère quand même, puisque son passage en ce monde a précédé le vôtre, n'est-ce pas ? Eh bien ce grand frère, Léonore, vous fait savoir qu'il est paisible, sans regret ni colère, et qu'il a tout de même vécu. Car il a respiré quelques instants, oui. L'équipe médicale, votre mère et votre père se tenaient autour de lui, il a respiré, il vivait, ils en ont été témoins. Votre frère a donc eu une vie, très courte. Enfin, très courte pour nous, mais lui n'a connu que ça, ces quelques instants ont été *sa* vie, et il dit que c'était riche et confus et inépuisable, comme n'importe quelle autre vie. Un passage, comme le nôtre, plus bref mais aussi dense. Il veut que vous le sachiez. Il a capté tout ce qu'il pouvait capter. Il n'a pas eu le temps de grand-chose, mais au moins de humer le monde, respirer tout ce qu'il pouvait en deviner, tout ce qu'en dégageait cette chambre d'hôpital, un peu comme on devine un pays depuis son aéroport, voyez ?

Je sentais les yeux me sortir de la tête ; Éric a poursuivi :

— En tout cas, Éléonore…

— Léonore. Lé-, a corrigé Laurence.

— Oui, pardon. Léonore. Votre grand frère vous demande instamment de bien ouvrir les yeux et les oreilles. Il fait ce signe, il tire sur ses paupières avec ses doigts. Lui est resté aveugle, ses yeux n'ont pas eu le temps de s'habituer à la lumière, mais vous ? Il met maintenant sa main en cornet autour de son oreille, comme ça. C'est son message, très insistant, il le tambourine dans mon crâne ! Regardez et écoutez, regardez bien tout, c'est sa requête. Lui n'a pas eu le temps, pas pu faire mieux, mais vous, il est encore temps. Largement. Il vous le demande. Voilà.

Éric s'est tu, a passé une main dans ses cheveux, sur ses yeux, puis a repris son air banal, son sourire fringant. Laurence et moi restions pétrifiées sur le trottoir. Il m'a demandé aimablement :

— Ça va aller ? Je suis navré, je sais que ce n'était pas prévu, mais je ne décide pas de ces choses-là. Ah oui : le petit garçon dessinait un F avec son doigt. F, ça vous parle ?

— Frédéric, ai-je avoué tout bas, comme un crime.

— F pour Frédéric, bien sûr. Alors parfait. Eh bien, au revoir, Laurence ! Au revoir, Léonore !

Le temps que je me demande si je devais le payer, Éric était loin.

On a mis un instant à s'ébrouer, Laurence et moi. Nous avons marché sans un mot jusqu'au premier bar, où elle a commandé deux verres de rhum. Je ne parvenais pas à dominer un épouvantable trouble, je me sentais chuter, chuter encore sans trouver le sol. Laurence tâchait de rester naturelle :

— C'est vrai, alors, ta mère a eu un petit garçon qui est mort ?

— Oui. Prématuré.

— Il s'appelait Frédéric ?

— Oui. Enfin, c'est le prénom qu'elle voulait lui donner. C'est à peu près tout ce que je sais : né trop tôt, mort aussitôt, sale souvenir, et le prénom choisi pour lui.

— Mince.

— Comme tu dis. Tu lui avais parlé de moi, à Éric ?

— Mais non, je te le promets.

— C'est dingue, quand même. Et toi, ça a été ? Qu'est-ce qu'il t'a dit ?

— Oh, moi ! Il m'a dit que mon père était d'accord pour que je donne ses tableaux à une fondation, que je pouvais m'en séparer, faire de la place, que c'était une bonne solution. Je le savais déjà mais ça m'a fait du bien de l'entendre.

Nous nous sommes quittées en haut du métro. Laurence était désolée de m'avoir infligé cette étrange séance et me suggérait de prendre la chose avec recul, sans m'inquiéter.

— Trois millions de Français consultent chaque année un des cent mille voyants ou médiums répertoriés ! m'a-t-elle dit gaiement.

— Peut-être, ai-je marmonné, mais ces gens font la démarche. Moi, je n'avais rien demandé. Pour une fille qui ne croit pas au surnaturel, c'est déstabilisant...

On s'est regardées. Un fou rire nous a prises, et c'était bon de hoqueter ensemble, jusqu'aux larmes.

Comme j'arrivais dans ma rue, j'ai remarqué une drôle de femme qui fonçait sur moi d'un pas rapide, un peu automatique. Pas très grande, tassée dans son long manteau ouvert, comme fatiguée de soulever les talons de ses bottes, mais bravement déterminée, bracelets cliquetants, cheveux bruns à reflets roux relevés en fouillis, joues creusées, cou un peu flou. Je n'aurais su lui donner d'âge précis ; son visage, sous l'usure, avait encore des élans de charme. Malgré les cernes et les paupières flétries, les yeux bruns étaient comme un signal envoyé depuis sa jeunesse, un peu enfouis mais émettant toujours. Ils disaient une vigilance, une acuité et une volonté intactes, malgré tout. Elle marchait droit sur moi, aussi j'ai dû m'immobiliser à un pas d'elle, elle a fait pareil au même instant, nous nous sommes scrutées du même étonnement.

C'était moi, la femme qui me fonçait dessus. C'était moi dans le reflet de la vitrine du boucher.

*

Il me restait à passer mes dossiers en cours et à faire mes adieux. Mes collègues réfléchissaient pour moi : la randonnée à thème, les cours de l'École du Louvre, l'alphabétisation des migrants. L'œnologie. Le yoga, le soutien scolaire, l'improvisation, la conversion au bio. Christine, elle, penchait pour les cours d'improvisation, et promettait de s'y mettre dès sa propre retraite.

Souvent, bien sûr, je pensais aux paroles du médium, à cette prière que m'aurait faite Frédéric, ce grand frère inconnu. Mais y penser, c'était marcher, créditer Éric de pouvoirs sorciers : j'en chassais aussitôt l'idée, embarrassée, presque honteuse.

Mon dernier jour de salariat est arrivé. Mes collègues et supérieurs, c'était inévitable, m'ont honorée d'un pot de départ. Christine, qui depuis des jours s'agitait plus ou moins discrètement à ourdir la chose, m'a remis avec émotion un petit paquet et une grande enveloppe, au nom de tout le service. Je ne portais jamais de foulard et chacun savait que j'aimais assez Trouville : ils m'ont offert un immense foulard bariolé, et deux nuits d'hôtel à Brénonville, bourgade à douze kilomètres de Trouville.

J'ai décidé d'y partir aussitôt.

Dès mon arrivée, je suis allée marcher sur la plage déserte, admirant longuement les minuscules oueds et canyons que la marée sculptait dans le sable dur. Je n'avais pas encore annoncé ma préretraite à ma fille, Violette, elle me croyait en vacances. Lors de notre dernier déjeuner, elle m'avait déclaré que pour elle, tout allait bien, c'était sa formule : « Oh, moi, tout va bien », ce qui ne manquait pas de susciter mon inquiétude.

Violette, je l'avais élevée à peu près seule, passant d'une exigence stricte sur certains sujets - pour compenser l'absence de père - à une liberté confiante sur d'autres sujets - toujours pour compenser l'absence de père. Elle avait choisi d'étudier l'histoire de l'art. L'Histoire de l'Art ! Une connaissance noble, le souci du détail, l'étude des gestes et techniques, des codes moraux et esthétiques de chaque époque ; ça m'impressionnait. Son travail de fin d'études portait sur la période rocaille, ou « rococo », emblématique de la fin de la royauté : « La promenade amoureuse : postures et décors dans le mouvement rococo ». J'avais relu et tapé son mémoire, j'en savais des extraits par cœur. Une simple supposition sur la raison d'être d'un chiot enrubanné ou d'une lavandière dépoitraillée à l'arrière-plan d'un tableau éclairait tout à coup la marche du monde, révélait une époque, ses interdits, ses fois et ses naïvetés. Mais ce savoir subtil, cet élégant bagage, deviendrait à coup sûr intransportable sur le marché du travail. Dans notre société de raccourcis et de résumés hâtifs, me disais-je, un diplôme d'histoire de l'art serait comme un énorme diamant monté en bague : impossible à porter. On finirait par lui reprocher ses compétences, inadaptées aux nouvelles réalités. Et je tenais le coup dans mon boulot en pensant que Violette serait condamnée à vivoter. Peut-être écrirait-elle quelques critiques ou essais, donnerait-elle quelques cours ou conférences, loin des carrières stables et lucratives. Il faudrait donc l'aider, et j'y étais résolue : payer son loyer avec mon boulot de peu de sens pour qu'elle continue de réfléchir aux détails, aux nuances, aux contrepoints, à tout ce dont notre monde ne voulait plus.

J'en étais fière d'avance.

Or, au gré d'un master en communication culturelle suivi en parallèle de sa dernière année – j'avais cru à une vague option facultative –, Violette avait subrepticement glissé vers la pure efficacité commerciale. Après quelques stages dont j'avais sous-estimé l'impact, elle avait ouvert une agence de conseil, associée à un vidéaste. Auprès des directeurs marketing de toutes sortes d'entreprises, elle se présentait comme *conseil artistique, consultante en stratégie créative, référent visuel* – pour la version française. J'étais allée visiter son site internet : où et quand avait-elle appris à tourner des textes si arrogants, abscons autant que désinvoltes ? Elle se faisait payer cher pour des slogans tapageurs, quelques mots et trois *visuels*, à décliner dans une *campagne 360°*. De grandes marques la sollicitaient.

Elle était invitée à de nombreuses soirées du secteur du luxe, voyageait beaucoup et portait des vêtements sophistiqués.

J'avais parfois un sentiment de trahison, mais comment reprocher à son enfant de tirer son épingle du jeu ?

Faire du yoga. Visiter les châteaux cathares. S'inscrire comme volontaire pour des maraudes auprès des SDF, ou pour ramasser des déchets sur les plages. Se mettre au chinois (il est conseillé de commencer par le mandarin plutôt que le cantonais).

J'avais traversé la vie en me nourrissant de joies simples et d'élans sincères, quoique forcément teintés des modes du moment. Curiosités dilettantes combinées aux nécessités matérielles, ambitions raisonnables : gagner ma croûte, élever ma fille, payer mon loyer, passer chez le cordonnier, m'amuser un peu. Ma seule obsession avait été d'équilibrer les choses.

Jamais je n'avais été obnubilée par un grand œuvre : saga à écrire, entreprise à fonder, élections à gagner, concours à réussir, record à battre. Jamais je n'avais embrassé une cause dans laquelle investir mon temps et ma foi, une cause qui réponde à tout, justifie tout, jusqu'à la mauvaise foi.

Travaux, amours, loisirs, une vie de gourmandise prudente et de bonheur sans excès, et je m'en vantais : l'équilibre est si rare chez l'humain.

Peut-être était-ce précisément là mon erreur.

Sur la plage de Brénonville, j'ouvrais grand les yeux pour fixer les mouettes dans une trouée de soleil, j'entendais leur ricanement céleste. Regarder, bien regarder, avait dit l'autre, le minuscule à-peine-né, le porte-parole des invisibles. Reprendre à zéro, comme si on ne savait rien.

Qu'y avait-il à voir que je ne voyais pas ?

Les mouettes dérivaient dans le bleu, j'y perdais mon regard. À Paris, il était devenu difficile d'avoir les yeux au vague, il n'y avait plus de vague, plus de lointain flou à fixer. Longtemps il s'était trouvé, comme dans toute ville, des cours, des parvis et des esplanades vides, ne contenant rien sauf du temps flottant, des souvenirs et des perspectives, de l'air mobile et une lumière changeante. Espaces souvent traversés, occupés les jours de manif, décorés les jours de fête, éclairés de bals, de feux d'artifice, mais à la fin rendus au vide, comme chacun après la fête retourne à son intimité, à ses propres contours. Impossible désormais de scruter l'horizon ou un simple point de fuite : dans la moindre sous-préfecture comme à la capitale, tout espace public était encombré d'installations et équipements de toutes sortes. Ici une sculpture monumentale offerte par un pays ami, là une station de véhicules partagés, là le chantier d'une future *station multimodale*, là encore un stade datant des derniers Jeux olympiques, déjà obsolète, inutilisable, en attente de reconversion. Partout, des bidules.

À un moment, grisée de vent et de ciel bleu, le cœur élargi par la rumeur de la mer, j'ai cru tenir ma décision : j'allais m'installer ici, ici même, à Brénonville. Ce n'était pas Trouville, encore moins Deauville, et justement. Pas de casino, pas de courses hippiques ni de festival international, mais un banal marché aux poissons, quelques galeries d'artisanat et des vendeurs de gaufres. Pas de plage réputée, seulement cette bande de sable telle une hésitation perpétuelle, un répit. Jamais rien ne se produisait de plus bruyant que la marée, montante, descendante, indifférente. Un centre-ville de quelques rues. Une clinique, un lycée technique, une maison de retraite. Aucune affiche annonçant un prochain complexe polyvalent, ou une pépinière d'entreprises dédiées au numérique. Comme si le vent corrosif, chargé de sable et d'iode, détruisait les projets vains. Brénonville ferait l'affaire. Mesure et modestie, grand large et silence. J'avais trouvé un point de chute ! Le reste viendrait à l'avenant.

J'ai envoyé un SMS à Christine avec une photo de mes pieds sur la plage, quelques mots enthousiastes de remerciement, à transmettre aux collègues, pouce levé et smiley clin d'œil.

Galvanisée par ma décision, je me suis installée à la terrasse chauffée d'une sympathique brasserie. Le serveur était affable, mocassins mous et sourire de gladiateur. J'ai demandé :

— C'est possible de réserver une table, pour ce soir ?

— Ce soir, je suis navré, nous sommes complets.

— Ah bon, complets ? À cette saison ?

— C'est à cause de la convention nationale, vous avez pas vu les affiches ? Ils arrivent ce soir pour trois jours, on ne verra qu'eux dans toute la ville. Un gros séminaire, quoi. On en a tout le temps, de ces trucs-là, on les enchaîne. Ceux-là c'est… ah, comment ça s'appelle déjà… Christian ! C'est comment le nom du groupe ? Ceux de ce soir. Un truc qui tourne, non ?

— Les Assises de l'économie circulaire !

— Voilà, les Assises de… une histoire de recyclage. J'ai rien contre, nous aussi on recycle : avec des restes de bourguignon, je vous fais un hachis parmentier, ou des tomates farcies… Ou un *stamppot* !

J'ai bu mon thé et je suis repartie sur la plage. Promenez une idée toute neuve à grands pas dans le vent piquant et la rumeur des vagues. Laissez-la flotter dans l'air blanc, regardez-la tournoyer hors de vous, voyez si elle résiste. L'idée de vivre à Brénonville s'évaporait déjà quand, surgissant de la bruine salée dans une bourrasque, un rectangle de papier est venu se coller sur ma jambe : une publicité pour le Nautilus, un bar de nuit à Trouville. C'était une sorte de conseil, et celui-ci, je voulais bien le prendre.

2

Bercée par la rumeur de la grande salle, je fouillais soigneusement chaque pince et alvéole de mon tourteau. À Trouville, j'avais opté pour la brasserie du Central, typique et chaleureuse. Dîner seule parmi des tables de couples avait quelque chose d'idéal : rêvasser en fixant les baies vitrées, observer le quai, les bateaux, les badauds, et dans le même temps cueillir, l'air de rien, sans bouger de mon siège, les mots tombés des bouches. Les conversations des autres m'intéressaient toujours, parfois plus que les miennes. Récits du quotidien, disputes, pavanes, confidences naïves, harangues, déclarations timides, monologues aussi affirmatifs que bancals, questions perfides et réponses ambiguës : la vie entière tenait dans ces échanges de par-dessus l'assiette.

La bouche pleine de mayonnaise, les yeux dans le vague, j'étirais mes tympans.

À ma droite, deux replets engouffraient placidement leur dessert, île flottante pour lui, baba au rhum pour elle ; paisibles mais mutiques, sauf de gentils grognements de satisfaction, des soupirs monosyllabiques.

À ma gauche, des trentenaires s'installaient tout juste, sans lâcher la discussion en cours. Des citadins, nerveux et ambitieux, verbe haut :

— ... tu vois de quoi je parle ? Un genre de flèche bleue, enfin plutôt un rond avec une pointe, disait le type en ôtant son blouson.

— La petite flèche de Google Maps ? Elle est pas bleue, elle est rouge, a affirmé la fille en ouvrant la carte. La puce de localisation est bleue, OK, mais la flèche de Google Maps, elle est rouge. Tu prends quoi ? On a pas l'air un peu con devant un plateau de fruits de mer ? C'est toujours gênant, le moment où ils posent devant toi leur machin énorme.

— Ici ça passe. Donc, sur le paillasson, il y a la flèche Google et la mention « *You are here* ». Tu arrives chez quelqu'un, tu t'apprêtes à sonner, et là tu vois le paillasson avec la flèche et la petite phrase, écrite en police Google. Marrant, non ? Tout simple. Ça cartonne. Fabriqué en Tchéquie par petites séries, vendu uniquement en ligne. Avant, ils avaient proposé le tee-shirt transparent sans couture. Dès que les commandes baissent, ils passent à un autre produit. C'est quoi déjà le haddock ? C'est pas un poisson qui a un autre nom ?

— J'y crois pas à leur truc, ça peut pas être rentable. Le concept du *pure player*, c'est saturé, internet est saturé. Le concept du *concept store*, c'est mort aussi. Le seul truc encore possible, c'est proposer un modèle unique pour installer ta marque, ça oui. Le bijoutier qui a fait afficher un an la même pub avec un chaton rose, tu te souviens ? Une collection minuscule, trois bagues et quatre bracelets, mais tout le monde a mémorisé le petit chat rose. Dans le métro, dans la rue, dans les journaux, partout le petit chat rose. Ça, c'est une stratégie ! Quoi, le haddock ? C'est pas du poisson ?

Moi et ma foutue foi dans le dialogue humain...

J'ai failli appeler Christine. À coup sûr, elle m'aurait enjoint de m'accrocher au verre à moitié plein, de m'offrir un soin en thalasso, aurait souligné ma chance de dîner face à la mer, elle qui avait passé sa semaine sur des entretiens annuels de performance pour atteindre ses propres *objectifs quali*.

Elle aurait raison. De quoi me plaignais-je ? Je voulais jouer les indépendantes flottantes, les imprécises affranchies ? C'était le moment de faire mes preuves.

J'ai demandé l'addition, je suis partie vers le Nautilus.

*

Il était un peu tôt. Sur la piste ne tournoyaient que des ronds de lumière multicolores. Au bar, un vieux tatoué accompagné d'un minet, quelques femmes fatiguées, ou très jeunes et trop fardées. J'ai commandé un cocktail au hasard, aux ingrédients nombreux et compliqués. La préparation était jolie, un peu fade et glacée. Le deuxième verre avait plus de goût. J'allais repartir, escortée de mon perpétuel grésillement – faire de l'humanitaire, apprendre à sculpter, créer un blog de voyage, soutenir un média participatif, militer, et l'impro, l'impro surtout ! – auquel s'ajoutait désormais l'impérieuse requête – « Regarder, bien regarder ! » –, à quoi se mêlait encore, par bribes, l'histoire énervante du chaton rose du bijoutier.

Soudain, un remue-ménage, une cohue à l'entrée de la boîte. Un groupe bruyant débarquait, entourant un petit homme chevelu et sautillant. Très chevelu : casqué de cheveux immobiles et brillants comme du synthétique. Ce visage... Je me suis demandé si ce n'était pas... il m'a semblé... lui ? Mais si c'était lui, alors ses joues, son front, sa bouche, tout avait été soulevé et mal replacé. Une face gommée et retracée, aux volumes surnaturels – trop de pommettes, trop de menton. Le groupe bruyant se déployait, injectait son excitation dans la boîte, mobilisait les serveurs qui se dépêchaient d'apporter bouteilles et seaux à glace, sourires serviles et clins d'œil. Des jeunes gens envahissaient la piste, les canapés, me bousculaient et m'ignoraient. Le petit homme chevelu s'est fait prier un moment – parmi le bruit et les rires, on entendait des suppliques surjouées : « Oh, allez, s'il te plaît ! », « Oh oui, vas-y, maintenant ! ».

Il s'est levé et s'est dirigé vers la table de mixage. Aussitôt, le gamin qui s'y trouvait s'est effacé avec déférence. L'homme chevelu a ajusté un casque audio sur sa tête – les cheveux s'affaissaient à peine, dessous, mais l'accessoire changeait tout et alors je l'ai reconnu, j'ai été certaine : c'était bien lui, DJ Marlone.

Sous le remodelage d'injections et de chirurgie, Marlone ! Le son montait, l'excitation aussi.

— C'est vraiment Marlone ? ai-je gloussé pour moi-même.

Une femme aux yeux terriblement marqués mais belle encore, flamboyante de vouloir vivre, m'a poussée du coude :

— Lui-même, Sa Majesté !

— C'est dingue ! DJ Marlone, ici.

Les décibels ont brutalement augmenté, enceintes saturées, sol ondulant.

Quelques instants plus tard, je sautillais avec ma voisine, je lançais mes bras au ciel, je piétinais du verre cassé et criais avec la petite foule bigarrée ; nous étions tous devenus amis, intimes et pour toujours : Marlone mixait.

DJ Marlone : le père biologique du remix disco, celui qui savait transmuer le plomb d'obscures chansonnettes pop en or massif de phénomènes mondiaux. Des chansonnettes hachées et recousues, recomposées, gonflées de cymbales pétulantes et de chœurs vibrants, au tempo triplé, dopées aux cuivres arrogants, transformées en efficaces étendards disco. L'homme qui avait vendu trente millions de l'album *Looovely* (1981), avant le culminant *Erotic Mix* (1986). Lui, là, devant nous, souriant, un jeudi soir de février dans une boîte tapissée de mauve ! DJ Marlone, soixante-sept ans mais immortel, une vitalité étonnante, possiblement soutenue par une dose raisonnable de stupéfiants, remix de lui-même, haché et recomposé, samplé à l'infini. Il tentait un énième retour surprise devant des inconnus incrédules et ravis. Je le croyais mort mais il ne l'était pas, puisque ce casque de cheveux épais et noirs, puisque cette chemise noire moulant les plus récents kilos, puisque cette silhouette bondissant derrière un ordinateur comme autrefois derrière les platines, cet index désignant les étoiles, ces yeux fous. Il alternait ses derniers morceaux avec de vieux tubes, et dès que nous reconnaissions un titre, nous, la petite foule, relancions sa pulsation, les plus âgés exultant de leurs souvenirs, les plus jeunes riant de ces improbables trompettes électroniques.

Je peux danser, me disais-je.

Je n'ai plus d'emploi, plus de rôle à tenir, un visage qui se défait et une ligne qui s'efface, et je n'ai jamais composé de tube. Je n'ai pas de carrière à relancer, pas d'image à protéger, pas de standing à conserver. Ma fille affirme qu'elle va très bien, mes parents sont enterrés, mes ex remariés, je peux vaquer, j'ai tout mon temps. Je suis une liberté ambulante, un bail à céder, une figurante coupée au montage. Et pourtant j'émarge, j'émarge encore aux effectifs de l'humanité ! Je suis vaste. Je peux danser, monter sur l'estrade avec des jeunes filles hilares et des hommes ivres, je peux rire et tenir par la taille des dames épaisses et dépoitraillées. Si je veux, ça ou autre chose ! Ce que je veux, je suis libre.

Quelle horreur.

La vacance. Et quoi d'autre ?

On n'est rien si on n'est pas affairé. C'est ce que l'humain sait faire de mieux : se fourrer dans un truc et y croire, s'en convaincre et puis s'y tenir, arc-bouté sur son projet, son programme, son défi, chacun sa lubie. Plus il y met d'énergie, plus il tient à son idée, qu'elle soit inutile, inopérante ou même toxique, tant pis, il faut que ça marche. S'il y met tout son cœur, c'est que ça vaut le coup, n'est-ce pas ?

En France, une personne sur quatre est retraitée.

Parmi elles, la moitié pratiquent une activité artistique.

Une sur trois s'engage dans du bénévolat.

Une sur cinq déménage pour changer de région, le plus souvent c'est cap au sud, le sud-ouest à la rigueur, pour le soleil. Le soleil aide à se détendre, à perdre ses ambitions. De grands peintres inquiets et introspectifs se sont mis à peindre, une fois dans le Sud, des fleurs paisibles, inoffensives. Je ne peins pas. Si je trouvais déjà où me nicher, ensuite je saurais quoi faire.

Je me suis remise à danser, j'ai commandé un autre verre.

*

Vers quatre heures du matin, je me tiens à peu près debout sur le ponton qui surplombe le chenal, à l'entrée du port. Tout n'est que lueurs mouvantes, éclats du phare, plaques de ciel glissant dans la mer. Mes tympans lancent des jappements de choristes et de trompettes ; sous ces acouphènes, le vent et les vagues. Hanches et genoux brûlants, visage cuit, peau mâchée de fatigue, douloureuse et frissonnante, mais riant encore d'avoir tant ri.

Engoncée dans mon manteau, je me tortille en plein vent. Soit ce manteau a rétréci en une nuit, soit je l'ai enfilé de travers. Je sens des paillettes sous mes doigts et, sous ma manche, une autre manche, d'une veste inconnue. Qu'est-ce que ?... Quelqu'un d'autre que moi sous mon manteau ? Je tourne et vire comme un chiot court après sa queue. La femme aux yeux incroyablement marqués est là, assise au pied du phare, et se marre. Je la prends à témoin :

— Vous… Tu… C'est quoi, cette veste ? Tu vois cette manche, là ? C'est pas à moi, cette veste.

— … Tu te souviens pas ? C'est quand tu t'es couchée sur la console de Marlone. Littéralement vautrée, que t'étais, et tu lui expliquais un truc très important, des choses cruciales qu'il devait savoir. Tu lui as dit ça, *cruciales*, et que c'était l'occasion inespérée de lui dire… qu'il fallait qu'il ouvre bien les yeux et les oreilles, Marlone, car certains pouvaient traverser une vie sans jamais voir l'essentiel. Tu disais à quel point c'était important de tout bien regarder, partout, que certains n'avaient pas eu cette chance, alors que nous autres, c'était pas encore trop tard. Bien regarder et écouter, tu as répété ça cent fois ! Plus tu parlais, plus tu te penchais, et t'as fini par renverser ton verre.

Le verre… oui ! Le verre renversé, ça me revenait. Le cocktail aspergeant Marlone, son air agacé. Je m'étais excusée, j'avais tenté en vain d'essuyer sa veste, et je lui avais tendu la mienne, dans un absurde geste de dédommagement. Mon spencer noir galonné de rouge à double boutonnage était trop étroit pour Marlone, mais parfait pour le jeune homme dont il était flanqué depuis des heures. Le gamin avait enfilé l'habit, soudain transformé en capitaine, et Marlone s'était éclairé de plaisir. Il m'avait alors tendu sa veste, oui, son habit de scène de Marlone, ce machin scintillant, mouillé et poisseux par ma faute. On avait échangé.

Debout dans le vent glacé, tripotant les paillettes du tissu, j'écoute la femme flamboyante et abîmée me raconter la scène. Rire me débouche les oreilles : j'entends cette fois le claquement de l'eau sur le ponton, et ce bruit de piécettes que font le sable et les coquillages aspirés par le reflux.

Je m'assieds à côté d'elle. Elle se roule une cigarette, de ses mains vraiment larges et noueuses ; je remarque aussi le relief de sa pomme d'Adam, et la barbe brune qui pointe sous le fond de teint.

— Tu nous as un peu gonflés, mais tu nous as fait marrer, conclut-elle d'un clin d'œil noyé de mascara.

J'ôte mon manteau, puis la veste, la tiens à bout de bras. Dans une poche, une boîte d'allumettes au logo d'un club de strip-tease ; un ticket de parking ; un ticket de loto ; un briquet Dupont en laque rouge. Dans l'autre poche, un tube presque vide de Lexomil. Quand le pinceau du phare passe sur nous, la veste devient la dépouille d'une bête extraordinaire, tout juste pêchée : paillettes et sequins d'argent, doublure rouge, exagérément épaulée, quelques coutures défaites. Émouvante et inquiétante, pas tout à fait inerte. La femme flamboyante attrape le Dupont d'un geste brutal, le fourre dans son sac :

— Prise de guerre. Cet enfoiré a passé la nuit à faire semblant de ne pas me voir. Il était dingue de moi il n'y a pas six mois ! Tu peux le croire, ça ? La veste, par contre, tu peux la garder, Marlone ne ressemble à rien là-dedans. Sans moi, il fait n'importe quoi.

*

Rentrée à Paris, j'ai résilié mon bail, vidé mon appartement, fait don de mes meubles et objets, livres, torchons et casseroles, machins et vistemboirs divers; rempli deux valises de vêtements, un grand sac de chaussures. J'avais entrepris depuis quelques années de descendre sous la moyenne nationale des 2,5 tonnes d'objets et meubles par foyer français, il en restait quand même quelques centaines de kilos. Une dizaine de cartons seraient stockés chez Laurence: des photos, des affiches, des coupures de journaux, souvenirs de papier; quelques coquillages rares venant de mon père, des livres anciens cartonnés, des livres de poche gondolés, des cahiers remplis de mots, le bracelet en corail rouge de ma grand-mère, un badge d'accès aux studios de radio, la tenue de naissance de Violette, quatre de ses dents de lait dans un sachet de gaze, un CD contenant la maquette de dix chansons, et des lettres d'aïeux adressées à d'autres aïeux. Je n'avais connu que certaines des voix qui s'exprimaient là. La plupart de ces ancêtres étaient morts avant ma naissance, mais leurs phrases tracées sur le fin papier vibraient encore, leurs joies et leurs peines pouvaient m'atteindre, tant que les mots restaient lisibles.

Entre deux visites d'Emmaüs, dans la nouvelle sonorité de l'appartement vide, je cherchais mentalement un lieu, une encoche sur Terre où me fourrer. Inspection de mes maigres ressources, du peu que je savais du monde: noms de villes ou de régions auxquels s'accrochaient des souvenirs flous, images de films, scènes de romans, tout un catalogue passé sous la bruine douce susurrée par mon entourage:

La mer, c'est bien, mais l'été c'est saturé de touristes.

La grande ville, c'est cher, et on s'y sent seul.

La banlieue, c'est du béton, et excentré.

La campagne, c'est difficile en vieillissant, faut une voiture.

Dans le Sud, ils sont bruyants; à l'ouest, ils sont arrogants; à l'est et au nord, il fait trop froid; partir à l'étranger sans parler la langue, c'est risqué. Une maison, c'est lourd à entretenir; vivre en appartement, c'est subir ses voisins.

Les résidences communautaires, c'est une arnaque, on ne va quand même pas vivre dans une secte en attendant l'Ehpad!...

La veste pailletée de Marlone oscillait sur son cintre à une poignée de porte. Bien sûr, il me l'avait donnée contre la mienne, mais comme on fait un bon mot dans l'élan de la fête, par fanfaronnade, sans réfléchir. Peut-être avait-il ensuite oublié, et cherché sa veste au petit matin. Je n'en ferais rien et n'oserais même pas la porter, mieux valait la lui rendre.

J'ai envoyé un message à Violette. Je l'appelais cent fois moins que j'en avais envie, et je retenais ma sempiternelle question: Comment vas-tu, comment vas-tu *vraiment*? Connais-tu parfois la joie? Pas la satisfaction ni le contentement ni la victoire, oh là, non, mais ce sentiment plus vaste et plus inquiétant, plus intime aussi, cette communion confuse et temporaire avec les largesses dont l'univers est capable. Les joies indescriptibles et secrètes que peut receler une journée toute bête. À cause de la couleur du ciel, d'un regard, d'une phrase lue. Est-ce que ça t'arrive, ma Violette?

J'en suis presque sûre, je voudrais tant en être certaine. Sans connaître le détail, simplement te savoir de loin en loin submergée par cette drôle d'émotion, cette soudaine conscience : la chance d'être au monde plutôt que pas. Autre petite question : est-ce qu'échanger ton érudition contre des fringues de luxe te rend vraiment heureuse ? Comme j'aimerais te savoir au meilleur endroit pour toi...

Je retenais ces questions et déclarations de traviole pendant des jours. Quand je n'y tenais plus, je passais un coup de fil, le plus anodin possible, ça donnait en général :

— Allô, ça va, bichette ? Quoi de neuf ?

Après quoi je me concentrais sur chaque mot qu'elle prononçait, guettant leur sens exact, leur sous-texte, leur intonation, et les silences entre eux.

*

Sur le site internet de Marlone : photos de scène, demi-nu, retouché. Date des tournées (toutes passées, déjà lointaines). Tee-shirts à son effigie, DVD, mugs et tapis de souris à acheter en ligne. Tout disait la gloire en fuite, le début du désastre. J'avais lu que la retraite des intermittents du spectacle s'élevait, en moyenne, à 750 euros mensuels – mais Marlone n'avait aucun rapport avec la moyenne. J'ai noté les coordonnées de son attachée de presse. Je lui écrivais un mot à propos de la veste quand Violette m'a répondu :

Je pars à Tokyo lundi, contrat signé avec la marque Osawhy pour leur gamme de phytocosmétiques intergenres et interâges.

Lis le Vanity *qui vient de sortir, j'explique le concept du make-up* Saisons en forêt. *La* basic line *: ni homme ni femme, ni jeune ni vieux, nous sommes tous des arbres, enchevêtrements complexes de racines et de pousses neuves, nos gestes sont nos feuillages, cf. Friedrich, Constable, Hokusai... Ils ont adoré ! Requête spéciale : si tu trouves des roulés pistache dans ta boulangerie, tu sais, ceux que j'aime. J'en planquerai dans ma valise. Je t'envoie une stagiaire les récupérer ce soir ? Merci maman ! Bisous ++++*

En revenant de la boulangerie, j'ai acheté *Vanity Fair*, et plusieurs autres titres au hasard.

Dans *L'Obs*, un article sur les nouvelles modes alimentaires en Europe, leurs limites et méfaits ; quelques pages plus loin, l'appel aux dons d'une association de lutte contre la faim. Entre les deux, un article sur le détournement d'argent pratiqué par une ONG au nom de laquelle des citadins occidentaux courent chaque année un marathon.

Dans *Le Figaro*, une pleine page pour soutenir la restauration de l'église médiévale d'un village bourguignon et, plus loin, le communiqué d'une banque privée : « Pour votre patrimoine, privilégiez l'équité et la transparence : un contrat conçu pour vous, sur mesure, par la filiale luxembourgeoise du groupe. »

Dans *Télérama*, une offre de séjour en Norvège garantissant d'assister à une aurore boréale : « Soyez aux premières loges pour ce voyage incroyable ! Et si l'aurore boréale ne se manifeste pas, un second voyage vous sera offert l'année suivante ! » Plus loin, un article sur les effets néfastes des carburants brûlés par les paquebots en région polaire.

Dans *Vanity Fair*, une escrimeuse paralympique aux cicatrices profondes pose pour les anoraks Moncler; des bonnes sœurs en cornette pour Versace; pour Dior, ce sont deux très jeunes mannequins aux regards vides, dont les moues soulignent une élégante détresse.

Pendant que je répondais à Violette – l'article était formidable, elle, surtout, était formidable, et j'avais raflé tous les roulés pistache de la boulangerie –, mon téléphone a sonné: l'attachée de presse de Marlone. Elle exigeait une photo de la veste avant tout rendez-vous. « Vous n'imaginez pas, disait-elle, le nombre de fans qui tentent ce subterfuge pour extorquer une rencontre avec lui. »

J'ai envoyé une photo, et reçu l'adresse d'une brasserie de la Porte Maillot, à deux pas de chez moi.

*

C'était la fin d'après-midi et le Palais des Congrès se vidait par grappes humaines s'éparpillant vers les taxis. Des cohortes d'hommes et de femmes aux cheveux trop luisants et dents très blanches, aux joues immobiles de cire jaune. Tous portaient un badge « Salon de l'esthétique – Visiteur », ou « Salon de l'esthétique – Exposant ».

Du fond de la longue brasserie moquettée, je me suis concentrée sur les baies vitrées, tentant d'ignorer les télévisions murales. Le terre-plein tout neuf de la Porte Maillot, son ensemble statuaire en marbre, or et onyx offert par un consortium pétrolier qatari, les autos tournant autour, la masse bétonnée du Palais des Congrès. Sur l'immense affiche numérique qui lui servait de fronton, des pixels géants lançaient ce défi : « Une personne sur dix en France a déjà confié sa beauté à la chirurgie. Et vous ? »

Soudain, un parfum sucré, une silhouette vêtue de léopard, de grandes lunettes fumées : Marlone se glissait à ma table avec un soupir.

— Salut. Je suis pressé, j'ai pas beaucoup de temps.

Il suait comme un cocaïnomane, ça perlait sur son front livide et faisait glisser ses lunettes de soleil. Il jetait des regards, remontait son col, parlait bas, même si à l'évidence personne ne l'avait reconnu : Porte Maillot, un manteau léopard n'était même pas une anecdote.

Marlone s'est retourné vers une serveuse :

— Un thé ! Et un verre d'alcool blanc, prune ou ce que vous avez.

— J'ai la veste, ai-je dit, posant un sac sur la table.

— Top, a-t-il sobrement commenté. On s'est vus où, déjà ? Au Havre ?

— À Trouville. Au Nautilus.

— Nautilus... Nautilus, c'est ça.

— C'était une soirée fabuleuse. Je pèse le mot : fabuleuse. Encore désolée pour la veste, je l'ai nettoyée de mon mieux. Vous pouvez garder la mienne, si elle plaît à votre ami.

Marlone avait enfin noté ma présence. Ses yeux se sont ouverts sur moi, ma personne prise dans quelque chose que lui seul voyait, un paysage de paradis. Son visage entier s'est éclairé d'un sourire de garçonnet, confiant et timide. Il m'a brusquement saisi la main :

— Putain, c'est exactement ça, comme tu dis, *fabuleux*, exactement, c'était fabuleux, comme toujours, et mieux, même ! Ça m'a donné la niaque. Pff, qu'est-ce que je transpire. Excuse-moi, c'est un traitement que je prends pour stabiliser, euh…

La serveuse a posé le thé et un petit verre d'alcool. Marlone s'est épongé. A sifflé le verre, puis une gorgée de thé. Alors seulement il a entrouvert le sac contenant la veste.

— J'en reviens pas. On m'en a piqué tellement ! Parfois, on me l'arrache, je me retrouve à poil… En principe, ça m'amuse, mais là, je t'avoue, j'ai plus un rond pour des costumes – il baissait la voix –, mon producteur me visse… Faut que je négocie chaque restau, chaque coiffeur, chaque…

Un couple est entré, arborant le badge du Salon. Le visage de l'homme était d'un ovale effrayant de régularité, et sa bouche ourlée rappelait celle d'une vieille comédienne, tandis que le visage de la femme, tout en pommettes rectangulaires et sourcils hauts, évoquait un Silvio Berlusconi en chignon.

Marlone a eu un sursaut :

— Regarde-moi ces deux-là, un vrai massacre. Ils ont tout fait : blépharoplastie, lifting, remodelage à l'injection, liposuccion du menton… Moi, jamais de chirurgie ! Pas d'ablation, pas de suture, rien que des produits innovants, à la rigueur un peu de mésothérapie, ponctuellement.

Je distinguais pourtant sur son visage d'infimes cratères et remblais, des roseurs, des sutures récentes, le tout couvert d'une poudre irisée, mêlée de sueur, couleur poupée de celluloïd. Si je me reculais, DJ Marlone apparaissait de nouveau, les lignes de son personnage, son essence, comme une signalétique reconnaissable. Il avait déjà cessé de sourire, et fixait son verre comme un enfant boudeur.

— Vous allez remonter la pente, n'est-ce pas ? Il faut continuer, ai-je dit de tout mon cœur.

— Vous êtes gentille. Vous avez quel âge ? Pardon, je ne voulais pas dire ça. Ton prénom, c'est quoi ton prénom ?

— Léonore. J'ai cinquante-huit ans.

— OK. Je vais remonter, oui. Pas le choix. T'imagines pas les dettes que j'ai, des emmerdes et des dettes, je n'ai plus que ça. Et mon public, un peu... Des dettes, des bilans médicaux, et cette baraque, cette baraque... qu'est-ce que je peux faire de cette baraque ?

— Quelle baraque ?

— Quoi, quelle baraque ?

— Vous venez de dire : « Des dettes, des bilans médicaux, et cette baraque ».

— Ah oui ! Une merveille. Une jolie petite maison, dans un village... Oh non, je vais pleurer. Un truc très simple, je l'ai fait construire il y a quoi, dix ans ? Par amour, Anne-Laure, uniquement par amour ! Et j'y suis allé quoi, quatre fois ? Pour un moniteur de ski ! Mais si beau, si fin ! Un félin ! Il a grandi en Utah, un endroit où les torrents font un bruit dément jour et nuit, tu vois ? Et puis ça a foiré, tout a foiré entre nous, il est parti dans une station canadienne, le genre d'endroit submergé de neige toute l'année, il vit là-bas avec une conne, un trans à moitié opéré... La maison s'abîme, paraît-il, et moi, là, je peux pas, je peux rien payer, même pas les impôts locaux. C'est dingue, les impôts, dans ces villages paumés ! Et voilà, tu vois, de repenser à là-bas, je pleure.

— Je suis désolée, je voulais pas vous embêter. Mon prénom, c'est Léonore. Pas Anne-Laure.

— Ah, pardon, Éléonore.

— Lé-o-nore. Léonore.

Marlone a pouffé en agitant les mains, j'ai pouffé moi aussi. Il a tendu un index décidé :

— On va dire Léo, OK ? *That's right*, Léo. Je vais m'en sortir, bien sûr, je vais m'en sortir. Comme disait l'autre, *there's not a problem that I can't fix, 'cause I can do it in the mix*. Je mixe, donc je gère. Je serais prêt à la vendre, cette baraque... Trop d'espoirs déçus, trop de souvenirs pourris. Mais on me dit que c'est invendable, même au prix du terrain. En plus, j'ai jamais eu d'autorisation pour la piscine.

— La piscine ?

— Oui, oh, une petite.

— C'est où, exactement ?

— Le village ? Au-dessus de Grenoble, Les Huies.

— Les ?

— Huies. H-u-i-... Laisse tomber.

Sur mon smartphone s'est affichée une placette dominée par une église, longée par une ruelle en pente, le tout sur fond de panorama montagneux. Je l'ai montrée à Marlone, qui a hoché la tête, les larmes à nouveau aux yeux.

— C'est là. Le maire m'a écrit, des gamins viennent jouer autour de la maison et des trucs se cassent la gueule... S'il arrive quelque chose, il paraît que je suis responsable. Allez, va, je vais rebondir... Merci pour la veste ! *Keep in touch*, Léo !

Bien sûr, l'échange avait été confus, incomplet, mais enfin j'avais discuté avec Marlone. Les contresens, les non-sens, les banalités et les approximations : c'est peut-être dans ce babil irrégulier que le pollen des mots se faufile d'une personne à une autre.

Le soir même, je recevais mon indemnité de départ en préretraite, un solde extravagant de congés et jours de RTT, ma prime de participation et divers reliquats qui, additionnés, formaient un montant étrange, un chiffre qui ne tombait pas rond ; ni pactole ni obole. Ajouté à mes ridicules économies, pécule préservé *au cas où* mais jamais suffisant pour rien, le tout formait un nouveau chiffre toujours aussi médiocre, aussi abstrait qu'un mot de passe, vaguement plus encourageant.

Bon, me disais-je, voilà mon viatique, mais ce montant-là ou un autre, à quoi bon si on ne sait pas pour quel voyage ?

« Hé quoi ! » auraient dit nos mères, pas de quoi mener longtemps une vie de nabab, mais tout de même. Ce n'est pas rien, plains-toi !

Un mail de la SNCF m'informait que les réservations de printemps étaient ouvertes, promotions sur Lyon, Toulouse, Marseille, Grenoble.

Cliquer est un geste neuf pour l'humanité, qu'on n'imagine plus désapprendre.

J'ai cliqué sur Grenoble.

3

Je suis partie pour Grenoble un matin de mars, froid et venteux, en pleine bagarre entre l'hiver et le printemps. Sur le quai, on zippait son anorak, on se rencognait dans son col, on grimaçait dans l'air coupant. Peu de conversations à épier dans le TGV : chacun sur son écran, au casque, ou endormi. Mais juste derrière mon dossier, une voix d'homme avait longuement parlé à son voisin muet, ça sonnait encore à mes oreilles : « Sinon qu'est-ce que tu veux, faut ouvrir un commerce... Un salon de manucure, ou d'épilation. L'épilation à la lampe flash, tiens, ça cartonne. Les machines coûtent cher mais si tu bosses bien, ça s'amortit vite. Faut provisionner le coût d'un accident. Ah si ! t'es obligé : mauvaise réaction, brûlure, rougeurs, ça arrive. Dans ce cas, tu proposes une transaction, t'évites le procès et les commentaires négatifs sur les réseaux sociaux. Une transaction, un chèque, et basta. Mais ça cartonne, tu rentres du cash, là oui ! Jambes, maillot, lèvre supérieure, tour d'anus, hommes et femmes, c'est en plein boom, c'est ça que les gens veulent. Le poil, c'est fini. Mais rigole pas, tu t'en fous, tu épiles, c'est tout. Quoi ? T'es drôle, et tu proposes quoi alors ? »

J'étais contente d'être arrivée.

L'autocar pour Les Huies ne partait qu'une heure plus tard. Face à la gare, un dôme vert-de-gris couronnait un bloc de pierre. J'ai contourné le bloc : c'était la basilique du Sacré-Cœur, sa masse large et claire assise en haut d'une volée de marches. J'ai eu envie d'y entrer. Me nicher dans sa pénombre, écouter craquer le bois, scruter le halo des cierges, leur étroite lumière chargée d'infinis espoirs.

J'ai mis tout mon élan à pousser la porte, mais dedans, c'était à peine un dedans ; plutôt un immense espace de lumière blanche et crue douchant des parois lisses, une lumière sûre d'elle, agressive, arrogante, des portes vitrées surmontées d'écriteaux « Sortie de secours », des pupitres à écran numérique affichant un psaume, comme le menu d'un restaurant. Pas de banc, pas de bois, mais du béton déguisé en pierre, des rangées de sièges en aluminium rivés au sol, pareils à ceux d'un aéroport. La contre-allée ne donnait accès à aucune chapelle latérale, aucune niche abritant un autel dédié à un saint mineur ou à la Vierge ; à la place s'alignaient des « espaces de travail » proposés à la location par le diocèse, de même que les salles situées à l'étage, vastes et parfaitement équipées, comme le précisait un panonceau : « Osez l'originalité et la différence en offrant ce lieu exceptionnel à vos événements, wifi, sonorisation et vidéoprojecteur fournis. Service de restauration froide possible. »

Moi qui ne sais déjà pas prier, comment garder la foi dans un endroit pareil ?

J'ai levé les yeux comme j'aurais fui : au sommet des hauts murs, à la hauteur du chœur, tout là-haut, juste avant la voûte, douze vitraux dessinaient, avec des rouges clairs, des bleus outremer et des jaunes francs, quelques formes simples et naïves évoquant l'espoir, les élans brûlants, une possible consolation, *in extremis*.

Dans l'autocar, je me suis appliquée à scruter les bas-côtés, les perspectives. Quoi qu'il y ait à voir, je m'étais promis : yeux grands ouverts. Les rocades pour sortir de la ville, l'autoroute, et puis les bourgs de plaine. Les entrées de zone industrielle. Les parkings de supermarché. Les maisons neuves à lourde balustrade et garages à porte automatique. Les jardins à trampoline, les cabanes à outils, très jaunes ou très vertes. Peu avant l'entrée en Savoie, la route s'est mise à grimper. Premiers virages : encore des prés éventrés par des fondations, hérissés de panneaux « Bientôt votre T3 avec vue ! », mais plus haut, à quatre ou cinq cents mètres d'altitude, le paysage se reformait paisiblement, arbres et champs en ordre resserré. Aucun écomusée, ni aqualand, ni héliport. Des maisons qui semblaient avoir été là de tout temps, des bâtiments agricoles, une scierie, des cahutes pour marquer les arrêts d'autocar.

Le rideau d'arbres se trouait parfois, incitant à lever les yeux jusqu'aux sommets blanc sale, puis l'autocar tournait et l'œil dévalait une combe où champs, prés et bois traçaient des biais. Un premier col a été franchi, la plaine est réapparue, déjà loin en contrebas. On en voyait le composé disparate : petites industries, champs de tournesol, zones commerciales et zones résidentielles, ronds-points, bosquets maigrichons masquant l'Isère, qui coulait par intermittence. En face du massif sur lequel nous roulions, un autre massif : la Chartreuse. Plus on grimpait, mieux je la voyais, là-bas, de l'autre côté de la plaine. Sa base d'un ocre flou plus ou moins brumeux, puis les épaisseurs brunes de châtaigniers et vertes de sapins, et enfin la roche nue, sa chair sédimentée en masses horizontales, striées de fronces verticales, des plaques de neige comblant les failles. Ses sommets presque horizontaux en faisaient une muraille trapue plutôt qu'une montagne pointue. Quelques secondes durant, un rayon de soleil rehaussait les ocres, les gris argentés, les verts, comme un peintre renforce ses contrastes. Puis le ciel se refermait, le nuancier rétrécissait. Un passager derrière moi expliquait à son voisin que des moines vivaient là-bas, en Chartreuse, cloîtrés dans un repli ombreux, invisibles ; autour d'eux, disait-il, pas grand-chose à part de la forêt, de la montagne, des vaches sur le plateau. Ah si, une base de parapente un peu plus loin. Le massif de la Chartreuse était classé parc naturel régional. Les mystères du Vercors s'offraient au sud, les joyaux de la Savoie au nord. Restait ce massif que nous gravissions, de virage en virage, eh bien quoi : des villages sympathiques, des bourgs, des routes en balcon, des vaches et des moutons, et en arrière-fond des monts laissant en deviner d'autres, des lignes de crête plus ou moins abruptes. Mais aucune attraction extraordinaire, pas de sommet ni de gouffre mondialement connus. Tant mieux.

L'équilibre des lieux me touchait. Une harmonie ordinaire, modeste, avec une pointe de superbe. Pas d'autre ambition que celle, primordiale, de tenir, de se maintenir. Veiller à conserver ce qui a été donné, ce qui a été reçu, au tout début.

Partout la terre noire et nue comme un principe indiscutable. Troncs et branches noirs et mouillés, toits et murs itou. Toute surface muette, en dormance. Mais, cheminant derrière le ciel blanc filandreux, la lumière palpitait, la franche et pleine lumière du printemps imminent. Parfois un nuage semblait se dissoudre, le couvercle allait se crever, et puis non, ça se rembrunissait, mais la pulsation de lumière restait perceptible.

Il tombait des flocons quand l'autocar a quitté Saint-Savioz et plongé dans les sapins, dernière combe avant de remonter vers Les Huies. Il y eut alors ce bref débouché, ce point de vue. La vallée, au fond d'un grand vide brumeux. Le village des Huies à droite, à mi-pente, vision idéale et émouvante : des toits massés autour d'un clocher, des champs et des bois autour, des hameaux isolés. Je l'aurais juré : j'ai aperçu le reflet des âmes qui vivaient là, ça formait un genre d'arc-en-ciel par-dessus la cime des arbres. Des humains pétris de cohérence, calmes et tenaces, faisant exister l'endroit sans tapage. Des gens habitués à lutter, d'une efficacité taiseuse, voilà ce que je me figurais, et je me retenais de crier : « J'arrive, je vous rejoins ! Parmi vous, je trouverai quoi faire, j'arrive ! »

L'autocar a tourné, s'est enfoncé dans la forêt, le paysage a disparu sous un rideau de sapins, de hêtres roux et d'épicéas. Soudain, un panneau blanc et rouge :

Les Huies, village fleuri. Altitude 970 mètres, 1040 habitants.

L'arrêt de car se trouvait en bas du village, devant l'école. Le chauffeur m'a demandé :

— Vous venez pour les vacances ?

— Je vais peut-être m'installer un moment.

— Vous connaissez le coin ?

— Pas du tout.

Il a hoché la tête et s'en est tenu à ça, et j'ai trouvé l'échange vraiment parfait.

La place du village était couverte d'une mince camisole de neige fraîche. Une mésange a chanté, ou plutôt appelé avec insistance - *hu hi hu hi* - puis s'est tue. Silence. Ah non : un murmure. Un énorme murmure végétal, le crissement d'écorces et le chuintement lointain d'un ruisseau. Le soleil a cette fois percé. Immobile, on sentait sa puissance, mais au moindre mouvement on se cognait à l'air froid. Il fallait se ramasser tout entier sous le rayon et s'y tenir comme sous un filet d'eau chaude. La mésange a repris de plus belle.

La place était délimitée par, d'un côté, le parvis de l'église, d'un autre, la terrasse de l'unique café-restaurant-épicerie - « Le Balcon », disait l'enseigne. Entre les deux, le début d'une ruelle, des maisons aux terrasses vides, chaises empilées. Plus haut, l'entrée de la mairie et son jardin, juste assez grand pour être qualifié de parc. De quoi permettre aux couples nouvellement mariés de poser pour la photo devant le panorama montagneux. On arrivait sur la place par un virage, un décrochage de la route départementale. On se garait autour du monument aux morts.

Les montagnes se tenaient non loin, de biais, comme la carrure d'un colosse insistant, possiblement conciliant.

Quiche aux légumes, lapin moutarde et polenta, compote de rhubarbe maison, annonçait Le Balcon pour le déjeuner. Attablée ou au bar, une clientèle mixte : des visages larges et burinés, immobiles sauf les yeux, au fond desquels se ramassait toute l'expression, et des visages étroits aux traits fins et mobiles, aux sourires urbains, mais le regard plus vague. Quelques artisans en tenue de travail, des jeunes femmes avec enfants à bonnes joues et anorak. Des gens paisibles.

Quoique, après un moment, d'autres choses sont apparues.

Un vieux jeune homme est entré, à bouche de poupon et début de calvitie, portant foulard, manteau de ville et parfum élégant, cuir et vanille. L'air vexé, outré, à cause de ses sourcils constamment froncés sur son regard vif ; au milieu des anoraks, sa tenue lui donnait une autorité un peu ridicule, gourmée. Un des types en anorak est venu lui serrer longuement la main :

— Alors, Jules, qu'est-ce que vous préparez de beau pour cet été ? Parce que votre spectacle de l'année dernière, ah, c'était du boulot ! J'ai pas tout compris mais on voyait que c'était bossé. Tout ce texte à apprendre, oh là là !

Jules a esquissé un sourire patient, plein de dépit, un sourire d'habitué au dépit. Le type est parti en saluer un autre, Jules s'est plongé dans un bouquin, apparemment serein.

Jusqu'au moment où il a émis un épouvantable raclement de gorge, bref et gras, très sonore. Terrifiant. Seuls les enfants, dont les réflexes sont encore intacts, ont levé la tête. Aucune réaction des adultes. À quoi bon souligner ces bruits répugnants ? se disaient-ils peut-être. Pourquoi en faire une affaire ? On ne résume pas un homme à ses reniflements, pourrait-on dire. Pourtant, pensais-je, un tel raffut, ça dit quelque chose, ça trahit un hiatus intime, une lutte féroce. Ce type se bagarre avec lui-même, c'est sûr. D'autres ont des plaques d'eczéma, une toux chronique, ou le tic de cligner des yeux. On en connaît qui parlent trop fort, qui répètent tout deux fois, qui enchaînent entorses et torticolis, on en connaît même qui chantonnent frénétiquement : plus une pensée les trouble, plus ils fredonnent aigu ; chacun sa façon de supporter de n'être que soi, coincé contre sa butée intime.

La vue sur les montagnes n'y change pas grand-chose : il faut se tenir debout, se présenter aux autres, chaque jour. Ce n'est pas simple. Se faire des amis, une situation, une famille. Avoir une posture, un avis. C'est parfois si compliqué qu'on préfère se taire, malgré les pensées et les élans qui nous gonflent le cœur. À la place, on renifle bruyamment, on se gratte compulsivement, à la rigueur on parle de la pluie qui vient.

Ce premier jour, je n'ai vu personne qui ressemble à un agriculteur : je ne savais pas qu'ils n'étaient plus qu'une poignée au village, et n'avaient jamais le temps pour un café.

En attendant mon plat, je feuilletais *Le Dauphiné libéré*. Une femme était interviewée sur son métier, *créatrice de liens*. Malgré deux lectures, je n'ai pas compris de quels liens il s'agissait, seulement que son chiffre d'affaires grossissait, et lisant cela, l'autre chiffre tout à coup m'est revenu à l'esprit : le chiffre biscornu reçu pour solde de tout compte.

« Fortune, nouveau départ, fanfare ! » diraient certains.

« Pourboire, peau de balle », soupireraient d'autres.

Pas de quoi flamber, mais il me fallait un toit, un lieu où dormir en attendant de trouver où vivre.

En payant mon repas, j'ai interrogé la serveuse sur le moyen de se loger au village. La fille, souriante, ténue mais attentive, une couronne de fleurs dans les cheveux, se prénommait Colette, si j'en croyais le pendentif de son collier.

— Le petit meublé de l'ancienne cure est libre, a-t-elle soufflé.

— Je le prends, ai-je répondu.

— Vous l'avez déjà visité ?

— Non mais ça ira. À qui dois-je régler la caution ? Je peux payer un loyer d'avance.

— Faut voir ça avec madame Saintioz, la première maison, là-bas, au début de la ruelle.

— J'y vais tout de suite, merci !

Quelques regards sur moi, furtifs, dubitatifs.

Soit madame Saintioz avait un don de prescience ou de télépathie, soit j'étais la énième inconnue débarquant au village qu'on casait dans le seul logement vacant : sa porte s'est ouverte avant que je sonne. Debout devant moi, massive dans son tablier, les clefs de la cure dans sa main où collaient encore d'infimes épluchures de légumes, j'ai cru qu'elle allait m'engueuler mais elle a chantonné :

— Oui, oui, bonjour.

— Bonjour madame, je viens pour louer la...

— On m'a dit, on m'a dit !

Elle a fait un signe en direction du Balcon. À la fenêtre des cuisines, Colette la serveuse a levé la main pour répondre, bien reçu. L'information avait traversé la place plus vite que moi, plus vite qu'un SMS, de fenêtre à fenêtre.

— Suivez-moi ! a ordonné madame Saintioz, brutale et timide, et passant devant moi elle m'a coiffée d'un coup d'œil.

Elle boitait fort, mais avançait vite.

Deux petites pièces au premier étage – coin cuisine, une douche, des étagères, deux casseroles et un lit d'une place et demie. Une fenêtre donnant sur l'église, l'autre sur la montagne. J'ai déballé mon sac, rangé un peu, pris une douche.

Je me suis allongée. Bon, j'étais installée quelque part, c'était au moins ça. Assoupie. Sitôt réveillée en sursaut, terrorisée : un fracas lent, un tonnerre régulier envahissait le ciel, si fort que le verre des vitres grésillait.

Les cloches. Les cloches de l'église sonnaient. Cinq heures, deux fois cinq coups, à cinq minutes d'intervalle. Je me suis levée comme sous un ordre mais il n'y avait personne, la montagne se tenait toujours là, pas loin, c'était tout. Je me suis astreinte à l'observer. La neige scintillait par plaques dans le jour déjà amorti, les crêtes s'arrondissaient, les creux n'étaient plus qu'une confusion noire. Unc masse aux contours et couleurs changeants, mais toujours muette, indifférente ; une montagne, quoi.

Dehors, la place s'était figée dans le froid et le silence. Au Balcon, l'épicerie était vide, on balayait le restaurant. Une voiture est passée, une autre s'est garée. Rien de plus à noter. Le cafard se pointait à nouveau, vieux voisin bougon. Une des méthodes possibles pour le semer : marcher, bouger.

La neige formait une mince croûte sale, friable. Sous les lampadaires, on aurait dit de la craie. La ruelle la plus proche ne portait ni nom ni numéro. J'ai longé des fermes, des chalets rénovés – chacun son chien aboyeur et ses deux ou trois voitures. Je me demandais où pouvait se trouver la « jolie petite maison » de Marlone : la plupart étaient imposantes, anciennes, ça ne pouvait pas être ça. Un bassin en pierre offrait l'eau de son robinet glougloutant. Sous l'auvent, un arrêté municipal de 1957 : « Lavoir-abreuvoir municipal, eau non potable ». Au bout de la ruelle, une borne de rechargement pour voiture électrique clignotait dans le vide.

L'air avait la consistance d'une nourriture, on le sentait entrer en soi, apporter de la vaillance, de l'ardeur. Ça fouettait, ça obligeait. Allons ! Un sentier montait le long du cimetière, devenait chemin à vaches sous les arbres, débouchait sur les hauteurs. Depuis le col, le village semblait sage et ramassé comme un chat endormi. Une chose vrombissante est apparue dans la pénombre, s'est approchée de moi. À travers mes mains levées devant mon visage, j'ai reconnu un drone miniature, à peine plus gros qu'un bourdon. Il m'a tourné autour une minute, a disparu dans le soir. J'ai redescendu le chemin vers l'église.

Silence total. En face, de l'autre côté de la vallée, une épaule de la Chartreuse trempait dans une flaque violet et jaune, où le jour finissait de brûler.

C'était si calme, presque morne. Un silence de qui-vive. Ce n'était pas apaisant du tout, au contraire.

Peut-être avais-je besoin d'être entourée de bruit et d'agitation ? Une trop longue habitude de la ville ? De tout temps, j'avais vécu parmi le bruissement des voitures, des pas, des télés, des téléphones, du métro, dans le flux d'une course perpétuelle. Ici, tout semblait s'ajuster tranquillement, le soir on avait son compte de tout, plus qu'à se coucher après avoir salué son voisin.

Je n'y arriverai pas, peut-être que ça n'est pas pour moi, pensais-je, déçue et maussade, longeant le panneau municipal. Un avis, lettres noires sur fond jaune, m'a tiré l'œil :

Réunion le jeudi 16 mars à 18 heures sur la valorisation du site The Lovely Place : venez voter pour le projet de votre choix !

Les associations suivantes présenteront leur projet :

— L'association pour la formation au téléguidage des drones civils (Afotedroc),

— La Fédération des clubs de paintball adulte du Haut-Dauphiné,

— Le Comité régional pour le développement des camps d'entraînement à la vie sur Mars (en partenariat avec BFM),

— L'association FLAG, pour la promotion du Free Land Art en Grésivaudan,

— Le collectif Agri-Liberté, pour une initiative potagère partagée,

— L'association Un jardin pour nos cendres (soutien à la mise en place d'un lieu de dispersion de cendres après crémation).

Les présentations seront suivies de questions et d'un vote consultatif. Ne laissez pas passer l'occasion de vous exprimer !

Réunion d'information gratuite et ouverte à tous : venez nombreux !

On avait griffonné sur l'affiche : « Mort aux cons et au vieux maire ».

J'ai lu tout ça sans comprendre grand-chose, en commençant à grelotter. De je ne sais quelles fenêtres alentour montaient des éclats de voix. Bande d'imbéciles, tous devant leur télé ! ai-je pensé.

Ce n'était pas la télévision. Je m'en suis rendu compte en passant devant la porte entrouverte de la salle municipale, d'où s'échappaient les bouffées d'une réunion houleuse. J'ai tendu le cou. Néons criards au plafond, rangées de chaises pliantes aux dossiers encombrés d'anoraks, dos vêtus de gros pulls penchés vers l'estrade, nuques raides, oreilles rouges. Si j'entrais, tous allaient se retourner. J'ai fait le tour du bâtiment, pliée dans la pénombre pour passer sous les hautes fenêtres rectangulaires. J'ai grimpé un talus : vue plongeante sur la moitié gauche de la salle.

Cette fois, les participants m'apparaissaient de profil. Visages attentifs, comme à un match. Un homme que je ne voyais pas - le maire ? - parlait dans un micro : la voix grave remerciait chacun d'avoir présenté son projet pour valoriser ce terrain que la commune souhaitait acquérir, rappelait les résultats de la consultation et demandait s'il y avait des questions.

Il y en avait. Ça bronchait. Les partisans des cours de guidage de drones, qui avaient devancé d'une seule voix les amateurs de paintball, et de trois les défenseurs de l'espace cinéraire, demandaient un nouveau décompte du vote. Un type en veste et foulard soyeux a demandé le micro - lui, je le reconnaissais, c'était Jules, le type qui faisait du théâtre - et, tel un conférencier aguerri, l'a collé à son menton pour regretter la cruelle absence de projet culturel parmi les propositions. Il insistait : « culture » ne voulait pas dire « sport » ni « technologie », ça voulait dire « patrimoine des lettres et des arts », « transmission aux plus jeunes ». Derrière lui on criait « Le micro !... Trop long !... Passe le micro ! ». Une femme dont je ne voyais qu'un morceau de joue a crié qu'au lieu de projets fumeux, on ferait mieux de reboucher les trous de la chaussée. Une autre s'est soudain levée, la cinquantaine puissante, cheveux courts, regard droit et mains larges, tee-shirt floqué « Un jardin pour nos morts », et sa voix - sans micro - a couvert toutes les autres :

— Et les morts, ils ne comptent pas, les morts ? Sans eux, vous ne seriez pourtant pas là ! Qui donc vous êtes, tous, pour oublier vos morts ? Hein ? Qui donc vous êtes ? Vous venez vous installer un jour ici, sans rien savoir du village, sans vous demander qui vivait là avant vous, avant nous tous ! Il nous faut un jardin cinéraire. C'est la loi.

Un type a repoussé bruyamment sa chaise :

— Si c'est ça, je me barre !

Un jeune gars, rencogné dans le fond de la salle, s'est baissé pour attraper un boîtier entre ses pieds : de quoi faire décoller un minuscule drone, et faire osciller l'engin miniature entre le plafond et les cheveux des villageois.

La grosse voix a tenté de ramener le calme :

— Voyons, mes amis, il ne s'agit que d'une sorte de sondage, pas d'un vote formel ! Je vous l'ai dit : nous sommes là pour échanger, pour connaître vos avis... Parlons-nous dans le calme, je vous en conjure ! Et s'il vous plaît, faites atterrir ce bidule !

La voix grave et conciliante s'est trouvée submergée par le brouhaha d'une bronca brouillonne, des raclements de chaises, des rires. Sur un ton découragé, la voix grave a levé la réunion.

J'ai dévalé le talus pour me précipiter à la cure, toute proche, avant que la salle ne se vide. Depuis l'appartement, j'ai écouté la rumeur envahir la place : claquements de portières, algarades et invectives, chahuts rigolards, manœuvres automobiles, klaxons. Bon, ai-je pensé en me brossant les dents, les sempiternelles querelles, ici comme ailleurs. J'ai fini un paquet de biscuits. Je me suis glissée sous la couette.

Les cloches se sont mises à sonner. Neuf coups, deux fois de suite. Quelle idiote de ne pas m'être méfiée !

Coucher à la cure, c'est pour ainsi dire coucher dans le clocher, comment imaginer dormir ?

J'ai guetté la demie. La demie a sonné.

J'ai guetté dix heures, pensant : c'est fichu, je ne dormirai plus, mais je n'ai entendu ni les dix coups, ni les onze suivants, je dormais.

4

Les premiers temps, je m'en suis tenue à une vie minimale. Manger, marcher, dormir : chaque heure avait un intitulé précis, sans commentaire. Balayer. Peler une pomme sans m'interrompre. Marcher autour du village pour en saisir la configuration. Laisser décanter. Admettre qu'au cours d'une existence, chacun passe deux années à se laver et à se brosser les dents, quatre à se nourrir, vingt-six à dormir. Qu'après ça, il reste peu de temps pour de glorieux combats. L'admettre et ne pas s'affoler, enchaîner les gestes, bien mâcher.

Deux ou trois fois, je suis entrée dans l'église, toujours vide. Assise sur un banc, attentive à toute chose qu'il me serait donné de recevoir, m'astreignant à détailler les peintures un peu naïves, les vitraux pimpants et le bleu pâle des murs. Comme tout ici, l'église n'était ni petite ni vraiment grande, sans rien d'exceptionnel mais fleurie, ornée, debout. Une fois, madame Saintioz avait surgi de la sacristie, j'avais sursauté, m'étais composé un visage, mais elle, discrète, avait continué de passer le chiffon et d'arranger les fleurs. Un infime signe de tête pour dire qu'elle m'avait vue.

C'était donc elle qui tenait ces lieux en état. En voilà une mission indiscutable, de nature à régler les jours et les humeurs plus sûrement qu'un bréviaire, avais-je pensé sans oser bouger ni sortir. Un emploi, au sens de réellement servir à quelque chose ; je l'enviais presque.

Je marchais des heures, variais les itinéraires, découvrais des hameaux, observant la moindre maison défraîchie aux volets fermés. Aucune ne correspondait à la description de Marlone. Ça devait être simple, toit-fenêtres-porte contenus dans un carré comme le dessinent les enfants. Je repartais, les hanches douloureuses, les genoux brûlants, des élancements dans mon gros orteil droit déformé par un hallux valgus.

Avant de me coucher, pour honorer l'injonction de mon minuscule grand frère, je me tenais un moment devant la fenêtre ouverte et tentais de voir ce qu'il y avait à voir. Obscurité grouillante, faussement immobile. Déplacements infimes : lombrics dans la terre noire, eau glaciale sur les roches lisses, bouses s'aplatissant en séchant, lichens rampant sur l'écorce. Froissements, ruissellements. Arbres, buissons, épaisseurs d'humus, feuilles bourgeons racines et cailloux, invisibles à cette heure mais se devinant aux senteurs. Je traduisais leur murmure : « Tiens, la nouvelle s'est mise à sa fenêtre. » Si j'avais osé, je leur aurais demandé : « Je ne sais comment m'y prendre, tout signe sera le bienvenu. Veuillez m'accueillir, m'incorporer un peu, comme une avance sur la mort et le retour à la terre. »

Je frissonnais. Comment était le pays en plein été ? Il devait bien arriver, ici aussi. Insectes stridulants, champs fauchés, vers luisants, peut-être.

Des molécules de nuit couraient sur ma peau.

Parfois, Les Huies n'étaient plus qu'un morne chuintement de pluie froide sur des graviers. Toute surface éteinte, grise, sauf l'acier des flaques sur les marches de l'église creusées d'usure. Ça durait des jours puis la pluie cessait, la vallée se mettait à fumer d'un brouillard blanc qui s'épandait partout, étouffant tout bruit, tout mouvement. Un matin, la vie reprenait, c'était jour de marché ou de vide-greniers. Des gens de la plaine montaient jeter un œil et la place pentue était tout à coup bondée, bruyante. Je n'étais pas d'ici et pas tout à fait touriste, je n'osais pas me mêler. J'observais de loin ces tableaux humains - la brocante, le repas des anciens, un spectacle pour enfants dans le parc de la mairie.

Si je déjeunais au Balcon, je répondais aux bonjours par un sourire poli, rigoureusement dosé. J'avais renoncé à demander où se trouvait la maison de Marlone, je ne voulais pas avoir à m'expliquer. Colette, la serveuse, respectait ma discrétion : entre ténues, on se comprenait. Elle savait trouver le petit mot qui n'engage pas. De mon côté je glissais un bref compliment sur les couronnes de fleurs minuscules faufilées dans ses cheveux, chaque jour une différente. Elle les fabriquait elle-même, ainsi que d'autres bijoux et babioles. Elle faisait des économies pour se payer une formation, disait-elle tout bas, après quoi elle voulait ouvrir un petit commerce, au moins un étal sur les marchés pour commencer.

— Je suis faite pour les belles choses, a-t-elle murmuré un jour, rougissant de son audace.

Il aurait fallu s'entendre sur la définition du beau, mais cette confidence m'a touchée. Je me suis attendrie. Colette, l'espoir incarné, fragile, têtu. L'assurance qu'il y en aurait toujours quelques-uns, en ce bas monde, pour s'obstiner à chercher la forme juste, le détail charmant, y passer des heures et nous l'offrir. Je lui ai laissé un gentil pourboire. J'avais peut-être une première alliée, pas encore une amie mais quelqu'un avec qui baisser la garde. Je ne cherchais surtout pas à forcer les choses, les nouveaux venus qui se pendent trop vite au cou des autochtones ne réussissent qu'à inquiéter.

Régulièrement, un drone vibrionnait en stationnaire derrière la vitre de la cure. Quelques secondes, mal stabilisé, et il repartait.

*

Un midi qu'il pleuvait de la neige fondue, je suis passée au marché mensuel des producteurs, acheter du miel, des bugnes, des rissoles à la viande. À côté de moi, à l'étal de fromage, Jules, le jeune type versé dans le théâtre, choisissait un chèvre. Son parfum élégant, cuir et vanille, bataillait avec celui des crottins. Il m'a saluée sans quitter son air chagrin, contrarié. Je le voyais souvent au Balcon, il lisait, griffonnait, sourcils froncés toujours, douloureusement attelé à sa mission de poète. Ostensiblement seul parmi les autres. Je me suis fendue d'un vrai sourire.

Est arrivé au marché un type que j'avais déjà vu, un certain Benoît, qui connaissait tout le monde et saluait chacun. La petite quarantaine, jean et parka, l'air bonhomme mais une présence un peu crispante, à cause de sa façon d'articuler, celle qu'on emploie avec les vieillards sourds ou les gentils déments. Professeur en collège, quelque part dans la plaine. Très actif dans l'animation du village, du genre terriblement aimable et empathique, jusqu'à vous mettre mal à l'aise. Pour l'éviter et parce que j'avais froid, les cheveux trempés, j'ai poussé la porte du Balcon.

Le bar était plein, les vêtements fumaient, on buvait du vin blanc ou du pastis et pourtant ça sentait le chocolat chaud. Le brouhaha, la chaleur, la buée sur les vitres et les plaisanteries par-dessus les tasses : une chose en moi s'est amollie.

— Alors, y est-on bien, à la cure ?

C'était pour moi, ça venait de ma gauche. Avant que je réponde, une autre voix :

— L'appartement a été repeint par mon beau-frère. Si y a des fissures, j'ai le nom du coupable !

Des rires, et le mien avec. C'était parti. J'allais discuter avec eux. Plonger dans des échanges incomplets, envoyer des mots pour en recevoir d'autres, de quoi mettre en place les premiers quiproquos et maladresses. Faire connaissance.

— Ça va, je me plais assez.

J'ai parlé de ma première nuit aux Huies, des cloches, j'en ai rajouté un peu, ils ont ri de bon cœur. Jules, entré à son tour, s'est installé au bout du comptoir. Benoît le suivait de près, tête penchée, sourire cauteleux. Il a salué Colette, puis tous les présents, et enfin s'est approché de moi :

— Bonjour ! Vous êtes Léonore, n'est-ce pas ?

— C'est ça. Bonjour.

— Benoît, enchanté. Nous nous sommes déjà croisés, il me semble, je suis ravi que nous puissions nous parler un peu. Je voulais vous proposer de venir à la réunion trimestrielle des nouveaux arrivants, ça tombe bien, c'est vendredi prochain, à la mairie. Il y aura une petite famille tout juste installée, le maître-nageur de la piscine de Proles qui vient d'emménager au col, quelques autres... ah oui, et une autre femme retraitée, très sympa. Comme ça, vous connaîtrez tout le monde ! Je présenterai aussi mes cours de sophrologie. Vous connaissez la sophrologie ? J'espère que vous viendrez.

Je veillais à sourire aimablement, mais je me suis entendue répondre :

— Non.

Benoît a gardé sa mine compassionnelle. Non à la sophrologie ? Ou non à la réunion ? Les autres sont restés perplexes, ils n'étaient pas sûrs. Le *non* ripe souvent à l'entrée des oreilles, on ne le prend pas au sérieux, il se tord en *oui*, en *peut-être*. J'ai laissé passer un temps raisonnable et dès que Benoît s'est retourné, j'ai salué à la ronde et me suis esquivée.

Ce n'était pas malin, un truc à se faire haïr d'emblée. Après quelques mètres dans l'air mouillé, j'ai compris à quoi j'avais dit non, ça m'est revenu : « ... une autre femme retraitée, très sympa ». Et puis quoi ? C'était ça, mon statut ? Retraitée sympa ? À qui présenter d'autres retraitées sympas ?

L'après-midi, mâchant un vague remords, je me suis mise en route pour Les Blêts, le village voisin. Deux bonnes heures de marche par les chemins vicinaux, en comptant les hésitations aux croisements. J'ai aussitôt aimé cette suite de montées et descentes abruptes dans les bois, avant un long passage en balcon. J'ai voulu assimiler chaque déclivité, chaque embranchement, la moindre cabane abandonnée. Silence. Rien d'autre que le bruit de pierres délogées par mes semelles, le craquement des branches, mon souffle. En montée, le regard se perdait dans les perspectives de ciel tumultueux, et en descente, dans un fouillis végétal vert vif. De temps en temps, je me sentais observée : des vaches rousses et blanches, lentes et attentives, me suivaient de leur regard indéchiffrable, vaguement navré. Je redressais les épaules, affermissais mon pas, cessais de grimacer. Mon vieux corps était encore un allié, lui et moi pouvions envisager la suite avec un minimum de confiance. Absorbée par la marche, les muscles chauds, les sens déliés, sans âge : le bonheur à portée de foulée.

Ça n'a pas duré. À mi-chemin, des phrases à chiffres sont venues tourner entre mes tempes. Sentences déguisées en informations, glanées d'un œil sans y prêter attention, restées fichées dans mon crâne. 22 % des Français estiment que leur bonheur passe par la santé économique de leur pays. Ils placent l'argent bien avant l'amour, avant même de trouver un sens à la vie. La France et le Canada revendiquent 78 % d'habitants heureux, doublés par les Pays-Bas (87 %) et l'Arabie saoudite (80 %).

Sur le monde entier, 63 % des adultes se disent non pas heureux, mais *très heureux*. Ça peut donc se passer bien, très bien même.

J'ai accéléré.

Que la caillasse couvre mes acouphènes, que chantent les merles pour éteindre les pensées parasites ! Quitter le chemin, grimper un talus à grands coups de talons, jusqu'à perdre le souffle ; une fois au sommet, me trouver face à un dévalement de forêt pure, branchages enchevêtrés, lumière trouble immobile, pousses de frênes et d'épicéas, immenses troncs couchés, dont un hêtre tombé là, souche arrachée. Que se passe-t-il si je m'avance ? Si je mets un pied, puis l'autre, dans ce dévalement ? J'y vais. Quelques ronces, il faut lever haut les genoux, écarter des branches, baisser la tête, à part ça pas d'autre piège, je suis en réalité le seul danger pour moi-même, la trouille fait de moi un danger, à penser « Seule dans les bois – seule dans les bois, oh là là, seule dans les bois ! ». Plusieurs fois ma semelle roule sur des cônes d'épicéa et je tombe sur les fesses, vexée d'abord, amusée ensuite. Ne pas écraser les pouponnières d'érables dont j'ose à peine tâter le soyeux. Descendre encore, allez, descendre jusqu'au bas de la pente, la lumière s'amenuisant comme en plongée profonde, et puis remonter droit, sans biais, m'accrochant où je peux, racines, rameaux. Par zones, sous les résineux, le sol est nu et doux, moelleux tapis de fougères et d'épines. Puis les feuillus reviennent, et avec, les ronces et les pousses, les branches tordues, toute une énergie noueuse.

Les arbres ne sont que du bois jusqu'à ce qu'on lève la tête, alors on surprend leur continuel élan silencieux, des années de poussée têtue, jusqu'à leur faîte, là-haut, si loin que c'est comme apercevoir la trace d'une étoile éteinte.

Avec ça, tout à coup crevée. Épuisée.

Cette fois, mon cerveau s'est tu.

Gagné.

Aux Blêts, je choisis le plus grand des deux bars. Vaste salle aux murs nus, sauf une affiche prônant le sport : « Parachute ascensionnel, canoë-kayak, randonnée spéléo : si comme 26 % des Français vous avez un chien, ne vous privez plus de certains moments, partagez-les avec lui ! » disait une fille allongée sous un deltaplane, un chien hilare coincé dans son harnais.

Jaune craquelé des banquettes, murs plâtreux, trognes mutiques des rares clients. Un vieil homme simplet dodeline, chacun semble le connaître. Il fait bon. Je somnole sur mon lait chaud. Prenons la chose à l'envers : si je ne sais pas quoi faire de moi, ni du chiffre étrange tombé sur mon compte en banque, je sais au moins ce que je ne veux pas en faire, ni soutenir. Ce à quoi je ne veux pas contribuer.

Je fais la liste des jobs et des produits qui occupent beaucoup de monde et pourtant se révèlent inutiles, voire toxiques, ça donne un gigantesque domino que je détruis d'une pichenette mentale. Chutes en cascade.

Concepteurs, ingénieurs, dessinateurs de choses inutiles voire toxiques ; banquiers et mécènes finançant les fabricants de choses inutiles ; testeurs et assureurs, designers, publicitaires vantant les choses inutiles voire toxiques ; commerciaux, organisateurs de soirées de lancement de choses inutiles ; fonds régionaux et européens soutenant les choses inutiles ; journalistes et chercheurs payés pour taire la toxicité des choses inutiles ; starlettes sollicitées pour s'afficher avec, avocats recrutés pour attaquer les contrefacteurs, thésards en économie financés pour recommander la société fabriquant les choses inutiles, lobbyistes obtenant des députés une législation favorable aux choses inutiles voire toxiques. Rapports, commissions, projets de loi, articles, enquêtes, tests comparatifs, certifications, labellisations. Multipliez par le nombre de bidules prétendument indispensables inventés chaque jour. Applications pour smartphones, équipements automobiles dignes de missiles nucléaires, médicaments pour maladies inexistantes, gadgets de cuisine, pilules de régime, jouets pour chiens, yaourts goût banane-litchi, dépolluants toujours moins efficaces que les polluants, brosses à dents connectées, tire-bouchons électroniques...

Il faut bien occuper les hommes.

Je rumine sur mon tabouret quand un type rond et barbu, la soixantaine passée et la parka luisante de crasse, entre dans le bar d'un pas d'immortel. On le salue, il donne de la voix, grave sans être grasse. J'ai déjà entendu cette voix, j'en suis sûre. Ses yeux rient malgré les marques de fatigue, d'usure profonde. Qu'est-ce qui donne de l'allure à un type sale et attifé ? Qu'est-ce qui le rend lumineux malgré la barbe et la tignasse emmêlées ? On l'appelle Monsieur le maire, d'un ton plus ou moins moqueur. Il vient s'asseoir pile à ma droite et commande un café.

Je ne peux m'empêcher de le dévisager. La voix sans visage, pendant la réunion municipale. La voix qui appelait au calme : c'était lui.

Il me rend mon regard, tend une main :

— Michel Paulus, enchanté.

Sa main est énorme et chaude, son regard amusé et vaste, vaste ! Pour la première fois depuis des jours, je pense à la tête que j'ai et ça ne va pas du tout ; mes cheveux, mes mains, mes chaussures : rien ne va.

— Léonore, enchantée. Vous êtes le maire des Huies, n'est-ce pas ?

Il sourit.

— Pour vous servir ! Je crois savoir que vous êtes parmi nous depuis quelques semaines. Logée à la cure, c'est bien ça ?

— Moi qui me pensais discrète...

— Mais vous l'êtes. C'est précisément ce qui attise la curiosité. Bien installée ?

— Oh oui, impeccable.

— De passage ? Ou candidate à la vie au vert ?

— Un peu des deux. Je... je viens de prendre un genre de retraite, ou plutôt on me l'a donnée, difficile de refuser. Je suis donc libre de mon temps, et pour tout dire, je ne sais pas exactement quoi en faire. Je cherche... un point de chute, comme on dit.

Qu'est-ce qui me prend de balancer tout ça, à toute berzingue ?

Paulus a un geste de prêcheur, bras grands ouverts :

— Aux Huies, vous n'aurez que l'embarras du choix pour soutenir une cause ou une autre. Vous arrivez au bon moment, en pleine bagarre !

— En pleine bagarre ?

— Vous n'étiez pas à la dernière réunion municipale ?

— Oh non, je venais d'arriver, le matin même. J'ai cru comprendre que la soirée avait été animée… C'est à propos de ce terrain que le village veut acheter, c'est ça ?

— C'est ça. On ne sait même pas s'il est à vendre, on va essayer de l'obtenir, mais d'abord, il s'agit de trouver quoi en faire. C'est là que mes chers administrés ont de quoi causer, et même s'engueuler. C'est naturel ! Les élections municipales se préparent, la tension monte. C'est toujours comme ça.

— À ce point-là ?

Je déroule mentalement les derniers moments passés au Balcon : les silhouettes des uns et des autres, une rumeur de train-train. À part ce que j'ai aperçu le soir de la réunion, je n'ai rien noté de cette tension. La voix de Paulus avale mes pensées :

— Vous les auriez vus, l'autre soir, j'ai cru que certains allaient se battre. Des familles ne s'adressent plus la parole à cause de ce fichu terrain ! Enfin, ce sera pour le prochain maire. Moi, cette fois, je ne me représente pas. Dix-huit ans de mandat, ça suffit. Je passe la main…

— Dix-huit ans ! m'exclamé-je tout en essayant de calculer son âge. Mais je ne comprends pas : il faut donc décider de l'emploi du terrain avant même de l'acheter ?

Il m'explique, un ton plus bas, le phrasé tranquille. Il parle et les vibrations de sa voix emplissent l'espace, traversent mon ventre, il me semble voir bouger les verres sur le zinc :

— Le terrain se trouve au bout du chemin des Pluies. C'est isolé, la route est à peine carrossable. Ça appartient à un type qu'on ne voit jamais depuis des années, un gars plus ou moins célèbre, un citadin - je dis ça sans animosité. Il y a fait construire une drôle de baraque, un truc un peu extravagant qui tombe déjà en ruine. Il paraît qu'il a des dettes, pas d'épouse ni d'enfant, il finira certainement par vendre… C'est un produit, disons, atypique. La mairie se tient prête à préempter dès que le propriétaire se décidera, mais pour ça, il faut d'abord que le conseil municipal ait voté pour un projet d'intérêt public.

Comment me concentrer sur les mots prononcés par cette masse vivante si proche - son coude touche le mien. De son large cou plein d'ombres, bronzage ou crasse, me parvient son odeur de sous-bois mêlée d'effluves de camphre et de sueur, et ses iris noisette lui donnent, malgré les cernes et les plissures, un air de patriarche malin.

Ma curiosité de femme remue donc toujours.

— La mairie se tient prête à pré… comment déjà ?

— Préempter. Une mairie exerce son droit de préemption quand elle double l'acheteur potentiel d'une maison ou d'un terrain. On passe devant, prioritaire. Ce n'est justement possible que si le terrain ou la maison en question permet de réaliser un projet d'intérêt public, voté en bonne et due forme. Par exemple, un village a besoin d'une crèche, ce projet est chiffré, voté. Et vous, vous vendez votre maison qui se trouve au centre du village, assez grande pour en faire une crèche, voyez ? Alors la mairie peut préempter.

— Mais elle doit me payer le prix que j'en demande ?

— Ça... On commence par faire une offre. Les autres acheteurs peuvent faire une contre-offre, et la mairie peut encore enchérir. Si ça devient très supérieur au prix de vente et que personne ne se couche, alors on demande au juge de fixer un montant.

— Et pour Les Huies, quel pourrait être le projet ? Équipements sportifs, logements sociaux, ce genre de chose ? Je n'ai rien vu de ça sur l'affiche de la réunion.

— Justement, c'est là-dessus que ça s'engueule ! Pour ce terrain, pas de logements ni d'équipement pour la petite enfance, c'est trop excentré. Le chemin est abîmé et les croisements de véhicules difficiles. En faire une vraie route reviendrait trop cher. Mais c'est vrai, le projet doit être en lien avec l'action sociale, le développement économique ou le soutien à l'agriculture... Pour le moment, les propositions étudiées par le conseil municipal sont un peu... bah, disons, rien de convaincant, rien qui puisse emporter la majorité. Évidemment, j'aurais aimé soutenir un élevage, y mettre des bêtes, mais il n'y a aucun candidat. On a déjà du mal à trouver des repreneurs pour les exploitations à vendre, alors... Mon Dieu, la soirée a été houleuse !

Il me raconte la réunion espionnée depuis mon talus, complète ce que j'avais entraperçu.

— Mais si aucune idée ne se dessine, pourquoi préempter à tout prix ? Il y aura bien un particulier pour acheter, non ?

— Parce que ce serait tout de même mieux que ce terrain devienne municipal. On en fera forcément quelque chose, à terme. C'est une occasion, les terrains à vendre se font rares. Une perspective, un projet, c'est important. Nous avons besoin d'objectifs. C'est vital ! Un homme, une famille, un village a besoin de se fixer un cap. Que chacun puisse être à fond pour, ou contre, s'y investir ou s'y opposer. Se bagarrer, ça aide à vivre, ça oblige à se parler. Ensuite, une fois le projet arrêté, tout le monde finit par adhérer... plus ou moins.

— On manipule si facilement les gens ? demandé-je un rien narquoise.

— Mais moi aussi j'ai besoin d'objectifs ! Un projet intéressant, bien sûr, utile à nos enfants, à nos vieux ou à nos travailleurs... Il y a de quoi faire, nous ne sommes pas au bout de notre développement.

— Vous allez vraiment laisser votre siège de maire ?

Paulus éclate d'un merveilleux gros rire. Ces yeux, cette bouche animée, cette présence comme un monde entier qui remplit la pièce ! Je me sens goulue, gourmande de ce cerveau-là, de cette machinerie humaine d'un modèle inconnu de moi, affamée de cette voix et de ces mots, emportée par une grondante envie de discuter.

— Je ne vous imagine pas abandonner.

— Aux Huies, confesse Paulus d'un soupir, chaque virage me rappelle un dossier sur lequel je n'ai pas fini le boulot, c'est terrible. Mais les gens ont changé, ou bien c'est moi, et j'ai perdu le peu de pouvoir de convaincre que j'avais. On ne se comprend plus, ou ils m'ont trop vu. Ils sont devenus si jeunes, tous ! Quand j'entre au Balcon, les conversations s'arrêtent… C'est pour ça que je viens boire mon café ici. Il est temps que je passe la main, c'est comme ça. J'ai soixante-quatre ans et j'ai commencé jeune : à vingt-huit ans, j'étais déjà adjoint. Je travaillais, bien sûr, j'étais cadre dans une usine à papier, j'avais de ces journées… J'aimais ça, terriblement, mais tout s'use. Quoi qu'on fasse, qui qu'on soit, le temps nous pousse, nous pousse, passe par-dessus nous, nous recouvre… Si nous ne l'admettons pas, il nous piétine encore plus rageusement. Je dois l'accepter. Bruno Mirton gagnera les élections. Il est jeune, même pas quarante ans ! Et mince, vif. Arrivé dans le coin il y a peu et par hasard, ne connaît pas grand-chose du village, ni son histoire ni ses familles fondatrices. Pas de passé, pour ainsi dire, et ça semble séduire ! Il cherchait un terrain de jeu pour se lancer, c'est tombé sur nous. Mais il sait manier les mots magiques : « Avenir », « Demain », « Renouveau ». Les gens aiment ça, ils sont fascinés. Même les anciens ! L'effet de nouveauté. Personne ne se lance pour le concurrencer, alors… Vous l'avez rencontré ?

— Non, jamais vu. Enfin je ne crois pas.

— Vous étiez dans quelle branche, vous ?

— La mobilité professionnelle.

Je ris, de bon cœur cette fois, de m'entendre prononcer ces mots tirés d'un puits profond ; ils sonnent comme une blague démodée. Paulus lève les sourcils :

— Quoi, c'est pas bien, la mobilité professionnelle ?

— Faut voir. Le plus souvent, il s'agit d'expliquer à un cadre à quel point il est impératif qu'il quitte le poste dans lequel il se sentait très bien, et qu'il embarque sa famille dans un pays inconnu pour un nouveau poste qui ne lui dit rien du tout. Il faut le convaincre que ça va être formidable de passer deux ans à Bucarest ou à Francfort ou à Toronto, parce qu'il prouvera ainsi qu'il est adaptable et agile – agile... autrefois on disait ça d'un singe ou d'un jongleur. Bref, il faut leur faire accepter l'idée qu'être paumé dans un pays et une langue inconnus, c'est bon pour l'avancement. L'intérêt du poste est très secondaire.

Paulus m'écoute, et tout à coup je vois un type de soixante-quatre ans regarder une femme de cinquante-huit ans. En tout cas, un type regarder une femme. Je soutiens son regard. Solidarité particulière de ceux qui ne sont plus jeunes depuis un moment : il y a cette politesse tendre et désolée, cet hommage qu'on rend à l'autre comme *a posteriori* – nos jeunesses auraient pu se croiser, entre nous ça aurait pu flamber, c'est ballot, maintenant il est tard –, mais aussi, *in extremis,* une pointe de curiosité et la pesée d'un éventuel désir. L'idée que ça se produise tout de même, maintenant. L'étonnement de percevoir en soi, en l'autre, en l'instant présent, ce trouble singulier qu'on a longtemps bien connu mais auquel on ne pensait presque plus.

54 % des hommes et 31 % des femmes de plus de soixante-dix ans ont encore une activité sexuelle, susurre mon cerveau-disque dur, auquel je balance un grand coup de pied mental.

Je suis en nage. Sans bouger, je distingue les effluves de ma sueur, plus forte maintenant que la sienne, plus incommodante que son odeur de sous-bois camphré.

— Il y a de la place pour chacun ici, Léonore. Je vous souhaite la bienvenue aux Huies.

Le ton et le regard de Paulus disent quelque chose de beaucoup plus intime. Je me sens rougir. Il finit sa bière.

Peut-être que je me fais des idées, ce type-là a bien autre chose à penser que draguer. Oui, me dis-je, au lieu de faire la liste de ce que tu juges inutile dans ce monde, pense donc à ce qu'il faudrait faire de positif. Ce maire a dû passer sa vie à jongler avec un budget, et toi tu tripotes ta tasse vide... Trouve quelque chose !

— Je vous regarde, dit alors Paulus d'une voix aussi chaude et électrique qu'un tonnerre d'août, et je suis bien certain que vous savez déjà quoi faire.

Disant cela, ses yeux glissent de mon visage à mon cou, de mon cou à ma poitrine planquée, puis se promènent jusqu'à mes mains. J'entends un léger clapot ; je ne l'ai pas entendu depuis des années mais je le reconnais, c'est le clapotis de l'équivoque, le bruit de la séduction, l'idée du possible qui s'infiltre entre les mots. Émerger, nager, dire quelque chose :

— Les gens ont l'air d'aller plutôt bien par ici ? Enfin, à ce qui semble, comme ça, à première vue... Une population paisible, non ?

— Ma foi, en tout cas pas pire qu'ailleurs. Et ceux qui vont vraiment mal le cachent souvent assez bien... Ce sont ceux-là qui m'inquiètent le plus : ceux chez qui on ne détecte rien, qui portent leur désastre sans bruit, sans cri. Rien qui dépasse, jamais. Un jour, ils se pendent et ne laissent même pas un mot.

— C'est arrivé ici ?

— Bien sûr ! Ça arrive, partout au monde ça arrive. Pour certains, quelque chose explique le geste, oui, un deuil, une maladie. Mais pour d'autres il n'y a rien de particulier, rien qu'on sache, rien qui se dise, et c'est plus terrible encore. Rien d'autre que le malheur tout nu, celui de...

— Celui de... ?

— Celui de ne pas savoir comment...

— Comment s'y prendre. C'est ça ? Comment s'y prendre, quoi faire de ce qu'on est, où se mettre. Quelle contenance prendre.

— C'est ça : quelle contenance prendre ! s'exclame lentement Paulus d'une voix de gong, enfonçant son regard jusqu'au fond de mon âme.

Malgré cette désolation dont nous parlons, une connivence pétille entre nous. Je recommence à rougir jusqu'aux oreilles. Ce que c'est bon d'échanger avec un homme qui existe si fort !

— J'y pense souvent en observant les gens, mais c'est aussi valable pour moi, soufflé-je, pantelante.

Mince, j'ai dû lui faire peur, il se redresse, se ressaisit, prend une posture d'édile :

— Si vous voulez donner un coup de main, nous avons plusieurs associations sur toutes sortes de sujets. Passez à la mairie, je vous en dirai un mot.

Comme je cherche une réponse intelligente - encore, encore lui parler ! -, il se lève, paye sa bière, puis tourne vers moi son corps massif et me tend sa main large. Bouche charnue, boucles bavardes et mobiles, et ces yeux !

Insoutenables d'acuité, d'appétit et de douceur. Il me salue bien poliment, toute malice fondue.

Il part, de son ample et paisible pas de général pacifique.

Le retour aux Huies est difficile. Les pierres se dérobent sous mes pieds, je loupe les embranchements, mon souffle ne se cale pas. Les paroles de Paulus me fouettent comme des branchages ; quand je cherche à attraper une de ses phrases exactes, ça casse. Ce terrain, cette baraque, il faut que j'aille voir. Est-ce que ça pourrait être celle de Marlone ? Je ramasse un tract : « Pour notre commune, un vrai projet d'avenir ! Parlons-en, choisissons ensemble. » Je me souviens de l'affiche qui annonçait les projets, lue sans comprendre. La réunion, les discussions : obscures aussi. Je me crois fortiche et observatrice mais je suis nulle, je ne capte rien. Éric le médium me le reproche vertement, Frédéric le mort-né s'agite dans ses limbes, ils me poursuivent à travers la forêt, je ne me retourne pas de peur qu'ils soient vraiment là, à s'écarquiller les paupières entre le pouce et l'index.

Sur la place, madame Saintioz balaie sa terrasse. Nous échangeons un prudent hochement de tête. Je me demande si notre rencontre dans l'église arrange mon cas ou l'aggrave.

5

C'est le lendemain que ça a eu lieu.

Je suis partie explorer ce chemin des Pluies dont Paulus avait parlé. D'abord bitumé, puis en terre, le chemin partait du bas du village, après d'anciennes fermes que je n'avais jamais dépassées, puis serpentait sous les arbres, à flanc de côte. Il faisait subitement chaud, brûlant même. La terre d'avril était une boue collante, grouillante de promesses et de vermisseaux. Les bouses embaumaient, les arbres s'étaient couverts de pousses velues et grasses. Sur certaines branches, une seule feuille neuve trouait le bois, humide de confiance et d'audace ; les fruitiers fleurissaient tout juste, coiffés d'une fébrilité blanche ou rose, ça passait déjà, c'était passé, les fleurs à peine parues sitôt dispersées par une bourrasque, gisant au sol, confettis d'un mirage. Les marronniers blanchissaient aussi, leurs fines fleurs poudreuses résistaient pourtant mieux au vent. Les buis, les lierres, les sapins poussaient l'année nouvelle au bout d'eux-mêmes, excroissances d'un vert plus clair, épines douces. Le couvert végétal offrait de nouveau de l'ombre, l'air des sous-bois était saturé d'une odeur de semence douce et âcre, à mi-chemin entre pourriture et fécondation. Quant aux quelques arbres encore noirs, ils avaient pour mission de nous rappeler l'hiver: gardons à l'esprit ce qu'il a fallu traverser pour vivre un nouveau printemps, ne nous jetons pas dans les chemins fleuris sans mesurer notre chance.

Mes pensées se déployaient comme de grandes fleurs confuses: le chiffre étrange dansait devant mes yeux, avec ma Violette en tenue de *working girl,* Frédéric le bébé entravé, et une liste baroque de causes à soutenir: les orphelins de pompiers, les femmes seules handicapées, les tortues de mer, la lutte contre l'illettrisme. J'avais retenu que l'engagement était, en soi, une valeur positive pour 82 % des Français. Mais s'engager dans quoi? Seuls 3 % associaient la notion d'engagement à un parti politique: un tiers d'entre eux ne parlaient jamais de politique, un petit quart ne votaient jamais, même aux présidentielles. Certainement pensaient-ils ainsi mener une vie parallèle, paisible, indifférente aux normes et obligations qui écrasent nos jours. Un train-train discret qui tienne à distance les flux publicitaires déversés sur nos pensées, les injonctions hurlantes des modes vestimentaires, médicales, amoureuses, les conseils et recommandations de spécialistes en tout genre. Le truc de 38 % des Français, c'était le bénévolat. S'engager gratuitement pour une cause religieuse, syndicale, municipale, artistique, sociale ou autre: une cause, finalement, forcément teintée de politique. Bien que le bénévolat soit considéré comme une des plus nobles activités humaines, inattaquable, le nombre de bénévoles était pourtant en baisse. Parmi ceux qui abandonnaient la cause qu'ils avaient servie, un quart se disaient déçus du résultat de leurs efforts.

On ne sait pas si les 3 % qui associaient d'emblée engagement et politique se décourageaient moins vite, si le produit de leurs efforts était plus satisfaisant, ou s'ils s'en contentaient plus stoïquement.

On pouvait aussi s'engager en créant une entreprise – il en naissait 800 000 chaque année en France – ou déposer un des 15 000 brevets enregistrés annuellement. Un type venait d'inventer un produit qui rendait les poils des chiens et des chats phosphorescents, afin qu'on puisse toujours les retrouver, même la nuit au fond d'un bois. Grâce à une levée de fonds sur internet, il avait recueilli trois fois la somme souhaitée pour se développer.

Marcher au soleil en éprouvant chacun de ses pas, anxieuse et pleine d'espoir à la fois : pouvait-on appeler ça de l'engagement ?

Je me suis reposée sur un banc de pierre adossé à la butée d'un champ. C'est en me relevant que j'ai remarqué la croix qui se dressait au-dessus, une croix de granit portant Jésus grandeur nature. Vissée sous ses pieds, cachée par les liserons, une plaque de marbre annonçait :

Crucifixus Pro Nobis
Sa Grandeur Mgr Ginouilhac, évêque de Grenoble,
Accorde à perpétuité le 22 avril 1866

L'indulgence de quarante jours
À tous ceux qui réciteront dévotement
Un Ave et un Pater devant ce calvaire.

Le soleil montait, frottait les pierres, ponçait les troncs, passait tout à l'or poussiéreux. J'ai ôté mon pull, on aurait dit juin. La pente avait été douce jusqu'au calvaire, puis s'était raidie. Quelques maisons encore et puis plus rien, des prés où paissaient des ânes ou des moutons. Soudain, le chemin s'aplanissait, on débouchait sur le large, comme en plein ciel. Des champs ondulaient, nappes vert-jaune d'où bondissaient des sauterelles. La vallée se devinait dans le contrebas, loin sous le poudroiement de l'air brûlant. En face, la Chartreuse s'étalait, large, sous le soleil.

À droite, un vaste terrain non clôturé s'étendait tranquillement, en montée douce, jusqu'à un mur de sapins, le début d'un bois serré, bleu-noir, dont la fraîcheur se devinait à distance.

Il y avait quelque chose au milieu du terrain.

D'abord, j'ai cru à un gigantesque bateau échoué. Le blanc luisant d'une coque plastique, des balcons comme des coursives. Puis j'ai pensé à un parc d'attractions, à cause des petits ponts, du toboggan, de la gloriette juchée sur un promontoire, à cause de ce qui avait été une piscine, désormais mare saumâtre et herbeuse.

C'était simplement une énorme maison au dessin compliqué, laquée d'un blanc surnaturel, mais on ne le comprenait qu'après coup tant les ornements égaraient l'esprit. Balconnets, escaliers extérieurs, portes-fenêtres et petits perrons, et cette laque sale pourtant éblouissante. Villa ? Ranch ? Trianon ?

Je me suis approchée lentement, guettant le sortilège. La façade de la maison trompetait sous le soleil. Au-dessus des colonnades de la double porte d'entrée, j'ai lu, en lettres dorées sur fond blanc : « The Lovely Place ».

L'apothéose : un large ponton en forme de cœur se déployant au-dessus de la piscine, couvert de coquillages nacrés, hérissé de faux palmiers en pot, équipé de canapés de cuir blanc, table en marbre blanc, torchères à fausse flamme électrique, guirlandes lumineuses. C'était une signature, une proclamation : le propriétaire des lieux était forcément une star.

Marlone ! C'est donc ça ?

Marlone... Tu avais parlé d'une petite maison toute simple ! Ce truc est vraiment hideux.

Mes yeux, s'accoutumant, ont décelé les craquelures, les trous dans le plâtre, les fissures du béton, les fenêtres bâchées. Sur le ponton-cœur, les canapés étaient éventrés, le cuir moisi, le marbre jauni ; il fallait les imaginer immaculés, du temps de leur splendeur, dans un soir d'été laquant le bassin de rose, avec en fond sonore le gargouillis du circuit d'eau, le frémissement des palmiers en pot, le tintement des glaçons dans les verres à cocktail. Un décor pour personnages perpétuellement bronzés, occupés de fêtes et de shopping, de rivalités amoureuses.

Je contemplais l'eau verdâtre et liquoreuse, les flaques de pluie dans les bâches. J'arpentais le terrain, abasourdie, évitant les débris divers. Ce qui avait été pelouse était envahi de ronces, lianes et tiges diverses serpentant dans la boue. Je faisais le tour de la maison. Des frises au pochoir sur la façade arrière ; une autre terrasse, aux dalles pailletées. La baraque avait l'air postiche, comme les attractions foraines – train fantôme ou maison hantée. Une rampe d'ampoules orangées, la plupart cassées, courait le long des escaliers jusqu'à la piscine, serpentait entre pergola jaune, gloriette rose et autres balancelles.

Tout ça évoquait le cabaret clinquant, la série américaine. Le premier tropique était loin, on n'était pas en Floride, aucun cocotier lascif à l'horizon. Ici, c'était un massif de moyenne montagne, régulièrement couvert d'hiver.

Au-dessus de la maison, la piscine et la gloriette, le terrain montait encore en s'évasant jusqu'à devenir, enfin, une simple étendue d'herbe nue. Au sommet du terrain, j'ai trouvé une cabane et des buissons morts (du lilas, du forsythia ?). Au-delà s'ouvrait le royaume des sapins à hautes cimes, de la pénombre bleutée.

Je me suis retournée pour redescendre, et c'est alors que ça s'est produit.

De là où je me trouvais, adossée aux sapins, la vue était complète, le propos entier, toutes les strophes du poème réunies sur la même page.

À droite au loin, la Chartreuse ; à gauche, la continuité du massif de Belledonne sur lequel j'avais pied ; très en bas à droite, les routes et bâtiments de la plaine, esquissés; très en bas à gauche, un vallonnement végétal, champs et bois, bosquets et rares toits; beaucoup de ciel par-dessus le tout. Mais au centre de la composition se déployait le motif principal, motif et point de fuite: une large poche de vide. Bien sûr, l'œil notait les vallons boisés, et le sommet du Ferrouillet – j'avais appris son nom –, surplombant un névé en forme de M.

L'œil enregistrait le panorama mais l'esprit, lui, se laissait engloutir dans ce bassin d'air libre, en suspension, ce vaste baquet de rien.

J'en suis restée interdite.

Moins inquiétant qu'un désert, moins intimidant que la haute mer, plus ambitieux qu'un terrain vague.

Mon cœur a plongé dans ce vortex immobile, réceptacle de peurs, rêveries et espoirs, surtout d'anciens espoirs vibrant là en liberté et pour toujours, tournoyant en apesanteur comme des gros lots de fête foraine. J'ai reconnu un ou deux de mes très anciens vœux, jamais réalisés, mais vu d'ici c'était moins grave.

Il fallait du temps pour appréhender ce creux, le percevoir d'abord, en admettre l'existence. Espace sauf, inentamé. Réserve de temps, de silence, de paix, et de cette chose sans nom qui nous avait précédés et persisterait bien après nous. Un vide à apprivoiser comme on débute une langue étrangère. Le repérer, l'identifier comme une phrase musicale particulièrement émouvante qu'on guette en se repassant un morceau. En comprendre la fonction, la nécessité.

Une possible définition du sacré.

Je me suis accroupie. À mes pieds, trois campanules avaient joyeusement troué la boue.

Oh, bien sûr, il fallait passer outre la baraque ultra-blanche, la piscine et les guirlandes, tout un fatras éparpillé comme au hasard, mais on pouvait les faire disparaître en plissant les yeux. Ne restait que la lumière sur la pente douce, et le long terrain devenait un toboggan pour l'âme, rien ne retenait la glissade des pensées qui roulaient jusqu'à la combe. Ça donnait le sentiment que tout ce qui était abîmé pouvait encore être rédimé.

De toutes les créations hétéroclites occupant le terrain, seule la cabane en bois semblait vraie. Un simple appentis de jardin, collé au massif de tiges sèches (althéa ? seringat ? inutile de faire semblant, je n'y connaissais rien), à la lisière des sapins. Cette bicoque captait le moindre soleil du jour, jusqu'à ce qu'il passe derrière la Chartreuse et abandonne Les Huies à la nuit. Une petite fenêtre sans vitre mais garnie d'une moustiquaire, par laquelle on devinait un vieux sofa, un baby-foot, un coupe-bordure, des râteaux, des tuyaux, des sécateurs. Un robinet extérieur gouttait sur un carré de ciment, je me suis imaginée me lavant là, à la nuit tombante, tandis que les sapins s'éteindraient doucement, de bleu à mauve, de mauve à gris.

J'ai fait le tour de la cabane.

De nouveau face à la pente, hypnotisée. Les pensées fausses, les pourcentages, les combinaisons mentales inutilement complexes se dissolvaient dans cette étendue. Je bénissais ce vide, et me sentais bénie par lui. Prise dans cet élan d'amour, j'ai entendu chanter et j'ai eu peur d'être devenue complètement dingue, victime d'une bouffée délirante.

Quelqu'un chantait vraiment.

Ça venait du chemin, en bas du terrain. J'ai descendu la pente jusqu'à découvrir une mince silhouette, furtive, une petite fille de, quoi ? six ans peut-être, juste avant l'âge de raison, ça se voyait au sautillement, à la légèreté, à la concentration extrême qu'elle mettait à son jeu.

Elle portait une robe et un gilet trop grand. Posait un pied sur une grosse pierre, se hissait, sautait, recommençait. S'accompagnant d'une comptine baragouinée, aux paroles bricolées mais au rythme régulier, chantonnée avec cœur. Tête penchée, pour elle-même. Frêle et pourtant forte, étrangement rayonnante. Parfois, elle se baissait vers une brindille ou un bris de feuille qu'elle saisissait entre pouce et index, sans cesser de chantonner. Cette attention à d'anodins détails !

Je me suis revue, non, je me suis *sentie* de nouveau petite, légère, limitée et pourtant omnipotente, extralucide, forte d'immenses élans, de vœux infinis, de rêves qui me faisaient alors, comme à elle, une aura aussi vaste qu'une ramure de cerf. Et mon cœur d'autrefois battait à nouveau en moi, doublant le rythme de l'actuel. De nouveau, j'étais logée dans un corps vif, mobile et élastique, l'œil curieux de tout, la prunelle en diaphragme précis s'ajustant à la lumière.

Quelques secondes seulement, mais je l'ai vraiment senti.

J'ai cavalé sur le chemin jusqu'au Christ. Assise sous la promesse d'indulgence, j'ai fait défiler le répertoire de mon téléphone. Porte Maillot, Marlone m'avait murmuré :

— J'te donne un numéro, si tu veux m'appeler. J'ai plus de téléphone, mon producteur me l'interdit, soi-disant je contacterais des dealers, pfff, n'importe quoi. Si besoin, t'appelles ce numéro et tu demandes Jean-Michel, OK ? Jean-Michel, c'est moi. Allez, je file. *Keep in touch*, hein ?

Sitôt repris mon souffle, j'ai composé le numéro.

— Allô ?

— Bonjour, je voudrais parler à Jean-Michel.

— Quittez pas... Jean-Mi, c'est pour toi !

...

— Ouais ?

— Marlone ? C'est Léonore. Vous savez, la veste. Trouville, le Nautilus.

— ...

— On s'est vus Porte Maillot. Je vous ai rendu votre veste à paillettes.

— ... Ah oui, ça y est. Comment va, Léo ?

— Je suis aux Huies. Je crois que j'ai trouvé votre maison. The Lovely Place, c'est ça ?

— Hein ? Mais qu'est-ce que tu fous là-bas ?

— J'avais envie de voir.

— T'es dingue ! Bon alors tu as vu ? Ce trou perdu...

— Oui mais, c'est quand même beau, la vue, depuis votre terrain. Depuis la cabane, tout en haut, cette plongée sur l'espace entre les massifs...

— ...

— Allô, Marlone ? Marlone ? Vous pleurez ?

— ... Il était si beau, ce con ! Jamais vu un mec si magnétique...

— Je comprends, je comprends. Mais la maison s'esquinte, et aussi les éclairages, la piscine, enfin tout s'écroule, et si quelque chose tombe ou blesse quelqu'un...

— Tu as vu cette piscine ? Tu as vu le ponton ? Et la véranda lounge ? Tu as vu cette classe ? On n'a jamais pu en profiter. On avait tout pour être heureux, tu vois...

— La municipalité est intéressée, ils pourraient vous faire une offre. Vous seriez d'accord pour vendre ?

— Est-ce que j'ai le choix...

— Vous avez une idée du prix que vous voulez ?

— Leur prix sera le mien ! Faut que je me refasse, je suis essoré. Je dois du fric partout. Dis-leur que je suis d'accord.

— Bon. Je vais transmettre.

— T'es au top, Léo. Et le bunker, il est dans quel état ?

— Le quoi ?

— Le bunker ! Au sous-sol, ma planque de survie. T'as pas vu ? C'est mon *best,* le plus réussi ! Il faut passer par une petite pièce au fond du salon zèbre... dans le dressing, tu pousses le tapis, il cache la trappe d'accès.

— Je ne suis pas entrée dans la maison. J'irai voir. Mais, pourquoi un bunker ?

— Léontille, écoute-moi bien. Tu le sais, et nous le savons tous, un jour tout ça va mal tourner, même que ça pourrait arriver plus vite que prévu. Quelque chose va nous tomber dessus, quelque chose ou quelqu'un, ça arrivera de l'extérieur ou c'est déjà parmi nous, ça débarquera d'une autre planète, d'un pays voisin ou de l'appartement du dessus, en tout cas ce sera pour nous mettre une bonne raclée, faut s'y faire. Statistiquement, on y est, tous les signaux sont rouges. Affaire de cycles, on est au bout d'un cycle, Léo. Le jour où ça arrive, je me verrouille dans mon abri. La trappe d'accès est totalement hermétique, blindée, étanche : guerre nucléaire, glissement de terrain, attaque au char ou à la machette, zombies contaminés, ça tient. Je me replie là et j'attends ! J'attends dans mon bunker. Je laisse passer l'invasion, l'épidémie, le nuage radioactif. Je dors, je mange, je compose de la musique, je fais des pompes et j'ai même de quoi prendre soin de ma peau, enfin disons un petit kit d'entretien non invasif, et aussi des provisions de carotène, vitamines, compléments alimentaires, protéines, enfin tu vois, les fondamentaux. Je tiens le coup là-dedans, informé par radio. Je me protège. Je m'épargne. Dans l'idée, nous aurions passé cette réclusion ensemble, Donald et moi – il s'appelait Daniel mais il aimait que je l'appelle Donald. Et quand nous sortons, enfin quand je sors – car il faut bien sortir un jour, au moment où les choses s'apaisent, quand l'ennemi n'est plus sur ses gardes puisqu'il a gagné –, quand j'apparais, donc, l'ennemi n'en revient pas parce que je ressemble pas à un vaincu – même si je le suis, je ressemble pas à un prisonnier, je suis beau, intact, en forme même ! Vaincu mais somptueux. Ils seront scotchés d'en voir un comme ça sortir de terre et les saluer tranquillement. Ils se diront que j'ai forcément un pouvoir, ils me respecteront, je pourrai négocier mes conditions. Je suis sûr d'un truc : ce sera pas pire que ce que je vis aujourd'hui...

— OK, OK... Et si l'ennemi vient quand tu es chez toi, à Paris ?

— Je vis à Créteil. Eh ben quoi ? J'ai fait aménager ma cave. Partout où je vis, je fais équiper un abri. Partout !

Je suis restée un moment sur le banc. La lumière basculait d'un massif à l'autre, quittait Belledonne et choisissait la Chartreuse. Le jour changeait de rive, se terminait sans lutte. Qu'on le veuille ou non, qu'on le remarque ou non, pour tout un chacun, c'était un jour de moins à vivre ; petit deuil banal, quotidien, tout à fait paisible.

Un conférencier américain a demandé aux personnes de son public à quel âge elles souhaitaient mourir : quatre-vingts ans, cent vingt ans, cent cinquante ans, ou jamais et devenir immortelles. Sur les trente mille réponses récoltées, 60 % souhaitaient se contenter de quatre-vingts années de vie. Un seul pour cent souhaitait l'immortalité. Nous sommes raisonnables : un coucher de soleil n'est pas toujours un drame.

Un drone a vrombi, surgi d'un champ. Il s'est approché de moi, m'a tourné autour puis a filé.

Je suis rentrée à la cure.

Madame Saintioz était assise sur sa terrasse, parmi quantité de pots de fleurs et de plantations. Sur la table, à côté de son café, un lapin fraîchement tué. J'ai sorti de ma poche un branchage parsemé de feuilles neuves et de bourgeons blancs.

— Vous voulez bien me dire ce que c'est, ça ?

Elle n'a même pas eu à saisir la brindille.

— Du framboisier, tiens ! C'est celui du Lovely ? Il donne bien ! On en a cueilli de pleins saladiers l'année dernière. On pouvait pas laisser gâcher ça ! Et puis c'est un remontant, celui-là, il redonne en octobre, et moi je les trouve encore meilleures, celles d'octobre.

— Merci, c'est ce que je pensais mais je n'étais pas sûre, ai-je menti.

— Ça va bientôt être le moment des boutures, vous avez ce qu'il faut ? D'ici deux semaines, il sera temps !

Panique.

Boutures. Au singulier, *bouture*, j'aurais parié pour une recette locale, mais au pluriel ? Je ne voyais pas. Des chaussons fourrés à la fleur ? Une variante de confiture ?

— C'est gentil, je cuisine peu, vous savez...

— Quelle cuisine ? *Boutures*, que je vous dis, vous savez donc pas repiquer une plante ? De la sauge, tiens, par exemple, ou de la mauve, si vous préférez... J'en ai plein si vous voulez, c'est très bon pour la gorge, la mauve !

— Ah oui, mais oui bien sûr ! Je n'y étais pas... Oh, je suis pas très bonne à ça non plus, décidément.

Je l'ai remerciée abondamment, des mercis en vrac, chiffonnés mais sincères, où je tentais de dire que je n'avais jamais rien appris d'utile, que je ne savais rien de l'essentiel, que c'était bien tard pour le comprendre, difficile à formuler, et qu'il me restait à m'en excuser.

J'ai vu son sourire dubitatif, comme si elle hésitait à condamner mon effarante ignorance. À voir, semblait-elle penser.

Je jurerais que le lapin a tressailli une dernière fois.

6

Cinq jours de suite je me suis rendue au Lovely. À des heures différentes, qu'il pleuve ou vente, que le soleil monte ou descende. Toujours sous le ciel, marchant dans le ciel pour ainsi dire. L'herbe neuve poussait d'une ondée à l'autre, d'un vert cru imprégné de jaune, mêlée d'orties, de pissenlits et de fleurs vibrantes de couleur, une blanche ici, trois jaunes là, huit orangées là-bas. L'une d'elles me rappelait l'orchidée, ça je connaissais, mais ici, à cette altitude, une orchidée ?

Tout au sommet de la prairie, les framboisiers ressuscitaient. Leurs pousses neuves perçaient les rameaux noirs finement épineux. Sur les pommiers et les poiriers, sur les lilas, partout ces renflements de feuilles à naître surgissant d'un œil dans le bois, tout un regain émergeant de nœuds à peine visibles, comme une chose toujours incertaine et improbable qui pourtant revenait chaque année. J'observais, le nez au ras des branches, et à un moment donné je me retournais. C'était là, ou plutôt il n'y avait rien, toujours rien sauf cette immense gratuité splendide clapotant entre les massifs. Ça serrait la gorge, chaque fois. J'essayais de lire ce paysage, cherchais des signes comme ce jour d'après l'orage où la vallée avait été séparée en deux nettes moitiés, l'une dans une ombre gris-bleu d'ardoise, l'autre déjà séchée par le soleil, lumineuse et poudreuse.

Chaque jour, le chemin des Pluies, gravir le terrain, inspecter les pousses et puis se retourner d'un coup, goûter le léger trouble, le vertige. Comme après avoir trébuché, quand on a cru tomber, qu'on s'est rattrapé *in extremis* et qu'on reste là, le cœur battant.

Un jour, deux gamins à vélo m'ont doublée sur le chemin. Douze ou treize ans, l'un maigrichon hâbleur et l'autre tout rond, plus circonspect.

— B'jour m'dame !

— Bonjour les garçons ! Vous êtes d'ici ?

— Bah oui !

— Vous connaissez la maison bizarre, là-bas ?

Ils ont rigolé.

— Tout le monde connaît ! Le Lovely, ça s'appelle.

— Ça appartient à une star, il paraît, mais on y voit jamais personne.

— Ah oui, vous connaissez le propriétaire ?

— On le connaît pas, on sait seulement que c'est un chanteur. Il paraît qu'il est mort, ou qu'il est parti à l'étranger sous un autre nom.

— Ah oui, on dit ça ?

— Mais non, s'est lancé le plus rond, c'est un type qui joue dans des films !

— 'toute façon la mairie va racheter la maison, et aussi le terrain, et ils vont construire un centre d'entraînement pour astronautes, a affirmé le maigrichon. Vous avez voté pour quel projet, vous, madame ?

— Je m'appelle Léonore. Je n'étais pas à la réunion, je venais d'arriver.

— Ouais, je sais, vous venez d'arriver, mes parents me l'ont dit.

— Vous êtes la dame qui habite la cure !

Ils se sont remis à rigoler.

— Moi, c'est Léon, a dit le rondouillard.

— Et moi Kevin, a dit le plus petit. Ce serait bien, un terrain pour apprendre à conduire les drones. J'en aurai un, plus tard, un qui prend des photos !

— Et toi ? ai-je demandé à Léon, dont le sourire timide et rose contrastait avec son solide gabarit.

— Chais pas trop, a-t-il marmonné en haussant les épaules. J'aime bien cet endroit comme ça.

— Y a plein de super cachettes ! a renchéri Kevin.

— Et nous, on sait où est la clef de la cabane, a complété Léon.

Nous sommes retournés ensemble sur le terrain. Kevin exécutait un gymkhana autour de la piscine. Léon m'a accompagnée jusqu'à la cabane, a soulevé la pierre qui cachait la clef. Dedans, il faisait tiède, ça sentait la feuille pourrie, la menthe écrasée et l'urine de chat. Nous avons déblayé le sol, inventorié le contenu :

— Aide-moi à pousser ce machin dans le coin, s'il te plaît.

— C'est une débroussailleuse.

— Bon. Et cette collection de haches, là.

— C'est pas des haches, c'est des serpes.

— Et ça, alors, tu appelles ça comment ?

— Une faux à broussailles.

— Ça, en tout cas, c'est bien une hache ?

— Ah non, c'est un merlin !

J'aimais la précision courroucée du gamin.

— Tu fais bien de me corriger. C'est dommage, tout est rouillé...

— C'est rien, ça, suffit de les graisser, ces outils ! Les lames sont même pas entamées. Je peux les remettre en état, moi.

— Oh, un cale-porte !

— Un cale-porte... peuh, mais non ! C'est un coin. Un coin pour fendre les bûches.

Nous sommes repartis. La petite fille de l'autre jour était de nouveau sur le chemin. En short et débardeur, son gilet glissant de ses épaules. Elle jouait, aussi légère et concentrée que la première fois, malgré ses joues pâlottes et ses lèvres légèrement bleues, comme ces mômes grelottants qu'il faut obliger à sortir de la piscine. Elle avait ramassé des cailloux qui débordaient de son poing trop petit. Mon cœur s'est serré. Je n'ai pas retrouvé exactement la sensation d'enfance, mais je reconnaissais la force qui se dégageait de cette gamine. Celle qu'on a, qu'on pense avoir, au début. Une capacité d'expansion tapie au creux de soi, une puissance infinie pas encore en œuvre, pas encore dirigée. Un ressort puissant qui attend, comprimé. Violette avait eu cette même force, mais plus silencieuse, plus méthodique.

Léon a interpellé la petite :

— Salut, Zoé !

Zoé s'est retournée d'un bond, nous a considérés tranquillement, puis a fait signe d'une main :

— Salut !

— Bonjour ! ai-je lancé doucement, de peur qu'elle ne s'envole littéralement. Tu n'as pas un peu froid ?

Elle a haussé les épaules, a remonté son gilet.

Les garçons et moi avons repris le chemin du village. Je me suis retournée : le soleil passait au travers de Zoé.

— Au fait, ai-je demandé à Léon, vous n'êtes pas à l'école ?

— Bah... c'est dimanche, madame !

Ah oui. Dimanche.

Kevin zigzaguait sur son vélo, loin devant.

*

Entrer au Balcon, parler à des gens, vérifier qu'on voulait bien me répondre. Ce truc de parler aux autres ! Dès qu'on y goûtait à nouveau, ça remettait en branle les joies et les inquiétudes, tout un carrousel d'humeurs. On me parlait plus franchement, on me situait. Souvent Jules se trouvait là, attablé à corriger quelque chose dans un carnet ouvert devant lui, une tasse vide poussée sur le côté. Sourcils froncés et bouche en cul de poule, marmottant. Il ressemblait moins à un créateur au travail qu'à une caricature embarrassante, un mime à la posture outrée. Nul doute qu'il s'obstinait douloureusement à une immense ambition, un rêve de petit garçon.

Nous échangions des signes, des demi-sourires, pas tout à fait des mots. Le moment du reniflement tonitruant finissait toujours par venir, répugnant et gigantesque, mais personne, jamais, ne réagissait.

Un jour que je choisissais des fruits dans le coin épicerie, un petit enfant a rampé jusqu'à moi, s'est agrippé à ma jambe. Sa maman, jeune femme énergique à longs cheveux, jean et blouson de cuir, est venue le soulever de terre :

— Viens là, Zouzou, allez hop ! Pardon madame !

— Oh, ce n'est rien. Elle est mignonne...

— C'est un garçon.

— Ah pardon ! Il est très beau, et quelle mine !

— Merci. Je me demandais : vous ne seriez pas la dame qui habite l'appartement de la cure ?

— C'est moi ! Je m'appelle Léonore.

— Ah c'est ça. Bonjour. Je me permets de vous demander : vous comptez rester longtemps ou c'est seulement pour la saison ? Excusez-moi, je vous demande ça, c'est que c'est très compliqué de trouver une location, a expliqué la jeune femme d'un ton mi-figue mi-raisin, le garçonnet calé sur sa hanche.

— Euh... Je pense rester un moment, oui... Je suis désolée, c'est un logement qui vous intéressait ?

— Ah oui ! Pour le moment, on partage une maison à plusieurs familles, mais c'est tout en haut du village, très excentré... Je pensais que la mairie nous aurait prévenus que le logement était libre. Tant pis.

— Je ne savais pas, ça s'est fait très vite à mon arrivée. C'est quand même un peu petit...

La jeune femme m'a fixée d'une prunelle suspicieuse. Je suis passée outre :

— Vous connaissez cette maison bizarre, au bout du chemin des Pluies ? Un grand truc tout blanc ?

— Un dépotoir, oui ! Et cette piscine pleine de vase... Je ne veux pas que les enfants y traînent. Quand je pense... Là-bas aussi on pourrait en faire, des logements. Enfin, il faudrait que le cinglé qui a fait construire ce truc se décide à vendre.

— Bien sûr, ai-je marmonné un peu piteuse, il faudrait déjà qu'il vende.

Elle m'a souri, tout à coup plus urbaine :

— Vous avez des enfants, vous ?

— Oui, une fille, mais elle est grande.

— Ah. Vous êtes en retraite, c'est ça ?

— En quelque sorte.

— Je vois. Ma mère est comme vous, en retraite, depuis un an. C'est pas mal, non ? Tout votre temps pour faire des choses nouvelles. Même des petits projets de seconde partie de vie, c'est sympa quand même. Au moins, il n'y a plus d'enjeu ! Ma mère s'est mise au bridge, ça fait travailler la tête, elle dit. Elle fait même des tournois.

Projets de seconde partie de vie.

Petits projets de seconde partie de vie.

J'ai pris le coup dans l'estomac. À travers la vitre, le ciel avait des reflets verdâtres, comme s'il allait en tomber des choses jamais vues.

Je suis remontée à l'appartement. J'ai avalé mon déjeuner debout devant la fenêtre, rivée sur la montagne. On dit que pour comprendre intimement un texte le mieux est de l'apprendre par cœur, qu'alors on peut enfin en pénétrer le sens, la structure, le fil. Peut-on apprendre par cœur un paysage ? Malgré mes efforts de concentration, si je fermais les yeux, il ne m'en restait qu'une vision lacunaire. Ce qui finissait par apparaître nettement, c'était une petite bonne femme décidément retraitée et rien d'autre, se cherchant des *petits projets de seconde partie de vie.*

Là-bas, vue du Lovely, la montagne courait de biais par la gauche, allait en s'effaçant, mouvante.

D'ici, c'était une masse dure et muette, un gros caillou intransigeant.

La mairie se tient prête à préempter dès que le propriétaire se décidera...

Justement, tiens : prévenir le maire, Paulus, que Marlone était disposé à vendre. Ce serait l'occasion de le revoir. Sa tignasse, ses yeux de sous-bois. Deux fois je l'avais recroisé, deux fois il m'avait ignorée. Quoi, remords d'avoir laissé paraître un vague trouble à mon endroit ? Épouvante à l'idée d'intéresser pareille greluche ?

J'irais lui parler du Lovely. Je lui expliquerais que je connaissais Marlone, quitte à inventer une coïncidence. On verrait bien comment il m'accueillerait, j'en aurais le cœur net.

Je répétais déjà mon couplet, tournais mes questions habiles sur les projets de la mairie pour ce terrain...

C'est alors que l'Idée m'a traversé l'esprit, comme une bergeronnette indécise fouille un massif puis en ressort dans un grand barouf d'ailes et de feuilles. Bruissements, pépiements aigus, chute de fleurs, perplexité. Silence affolé.

Le chiffre étrange de mon solde de tout compte est venu se balancer entre mes yeux, luminescent. Il tournoyait lentement, montrant toutes ses facettes, toutes ses possibilités.

Attendre. Se méfier de l'engouement. Laisser passer l'Idée.

Faire autre chose.

Nettoyer ma messagerie des publicités.

On me proposait de faire un don défiscalisé en faveur de diverses communautés humaines ou animales.

On me proposait d'adhérer à un *collectif numérique d'investissements internationaux, transversaux et multi-supports, transactions en ligne à partir de cinq euros, anonymes et sécurisées.*

On me proposait de porter des modèles uniques de sacs à main créés exclusivement pour moi, en cuir de varan d'élevage.

On me proposait de parrainer un banc du parc des Ibis, au Vésinet, et d'y voir mon nom gravé ainsi que la maxime de mon choix.

On me souhaitait la bienvenue - car je ne manquerais pas de les rejoindre, très vite ! - sur le marché international des bitcoins.

Appeler Violette :

— Tout va bien, mon petit chat ? Tu as eu de bons retours de tes réunions au Japon ?

— Oh oui, oui, parfait ! Tout roule. Un second projet se profile, toujours au Japon. J'y retourne cet été.

— Génial ! Quel genre de projet ?

— Difficile à résumer, je te raconterai. C'est bien, là où tu es ?

— Ça me plaît assez. C'est reposant.

— OK. Mort et désert, donc ?

— Pas du tout. Je déjeune tous les jours face à la montagne, et les gens sont plutôt accueillants. Pour l'instant, j'observe, je fais des balades.

— Un genre de retraite, quoi. C'est où, exactement ?

— En Isère.

— En Isère ? Tu m'aurais dit la Savoie, ou la Haute-Savoie, ou même la Drôme ! Mais l'Isère...

— Au-dessus de Grenoble. Face à la Chartreuse.

— Ah, Grenoble. Tout ce que j'en sais c'est qu'au musée municipal ils ont des Aurelie Nemours, la série des monochromes. Carrés blancs sur fonds blancs. Ne hurle pas, c'est très émouvant. Va les voir si tu peux.

— Justement, je me suis trouvé une sorte d'Aurelie Nemours naturel. Un endroit qui me plaît beaucoup, un vide entre deux massifs, on pourrait appeler ça *Rectangle de rien sur fond vide*.

— Ah oui ? Envoie une photo !

— Bah, photographier le vide...

— Trouve le bon cadrage et on verra très bien la chose.

— Je vais essayer. Dis-moi, je pense rester ici quelques semaines, disons jusqu'à l'été, voire la fin de l'été. Tu ne viendrais pas me rendre visite quelques jours ?

— Tout l'été ? En Isère ? Et ton boulot ?

Ouvrir le courrier des dernières semaines arrivé dans une enveloppe de suivi postal.

La Sécurité sociale et le ministère de la Santé m'enjoignaient de programmer un bilan cardiaque, une mammographie et une coloscopie, un rappel de vaccin antiviral, un dépistage du glaucome, qui touche 1 à 2 % de personnes après quarante ans, mais 10 % après soixante-dix ans.

Un « publirédactionnel » des Résidences Zen-Seniors m'indiquait que 620 000 personnes vivaient en Ehpad en France et qu'elles seraient - que *nous serions* - 100 000 de plus dans quelques années : il était plus que temps de réserver mon appartement dans une de leurs résidences - avantages fiscaux et prix promotionnel -, il n'y en aurait pas pour tout le monde.

Taper le mot « vide » dans le site internet du Larousse :

Adjectif

Qui ne contient rien de perceptible ; où il n'y a ni solide ni liquide. Espace entre deux choses. Dépourvu de son contenu normal.

Qui est sans intérêt, sans valeur, sans signification : Sa vie était vide.

Nom masculin

Espace qui n'est pas occupé par de la matière, des choses ou des personnes.

Espace assez vaste qui ne contient rien, espace libre que l'on considère d'en haut : Penché au-dessus du vide.

Physique
État correspondant à l'absence totale de toute particule réelle. Le vide est perpétuellement animé par l'apparition et la disparition de « particules » virtuelles, des couples particule-antiparticule. Il s'agit donc d'un véritable milieu matériel capable d'interagir avec les objets physiques.

Dérivés :
Vide-greniers, vide-ordures, vide juridique, vide-poches.

Juger que la définition physique était la plus juste : oui, le vide est forcément animé, agité de particules pleines de contradictions, nos pensées, nos vouloirs, nos vœux, cherchant l'obstacle.

Somnoler, entendre sonner la demie sans savoir de quelle heure. Rêvasser de Paulus. S'endormir en savourant diverses douleurs articulaires et musculaires, comme autant de preuves de vie.

7

Le lendemain en fin d'après-midi, un couvercle de nuit s'est soudain posé sur le village, coinçant dessous un vent noir tourbillonnant. Mugissant, enflant de minute en minute, rampant sous les frondaisons pour en arracher les feuilles. En ce début de mai, un monstrueux orage éclatait avec la même rage que ceux d'août. Bourrasques, tonnerre, éclairs, grêle giflant la moindre surface, gouttes énormes et glaciales, à faire danser les graviers. Les cloches erraient dans le ciel violet, leurs coups distordus par le vent, impossibles à compter. Tout le soir et encore la nuit, grincements et claquements obscurs, aboiements de chiens, brinquebalements de volets, planches, bâches, tuiles et tôles soulevées, arrachées. Entre deux assoupissements, je guettais l'aube, sursautant aux rafales d'éclairs comme s'ils avaient touché mes paupières.

À l'aurore, le tumulte est tombé d'un coup, et le monde a commencé de s'égoutter dans un demi-jour vitreux.

Je suis allée aux nouvelles. Les ruelles, les marches de l'église, les vitres luisaient d'une eau boueuse, amalgamée de brisures. Le Balcon, faisant office de quartier général, avait ouvert très tôt, la gérante alignait méthodiquement des cafés chauds sur le comptoir. Comptage des pertes et des dégâts, échange de services et de matériel, vérification des rumeurs. On appelait les uns et les autres au téléphone, le réseau avait des sautes. Ceux du hameau du col n'avaient plus d'électricité. La plupart n'avaient perdu que des tuiles, un volet ou une clôture, chez d'autres on se hâtait de tronçonner des arbres menaçants, on redressait des gouttières, on déblayait des éboulis. Un des ânes des Saintioz s'était affolé et blessé. La famille Chillon avait rentré ses vaches à temps, mais chez les Carrier-Mollion une bête avait mis bas au milieu de la nuit, ça avait mal tourné. Le vétérinaire, coincé sur la route par un arbre, avait dû finir à pied. Au col, un poteau EDF laissait pendre ses câbles jusqu'au ras de terre, les techniciens débordés ne pourraient pas venir avant le lendemain.

Paulus était là, au milieu d'un groupe, je ne voyais que son dos massif et voûté, accaparé, préoccupé. Pour me donner une contenance, je me suis approchée de la table de Jules, lui ai souri. Jules, sa bouille d'enfant contrarié et son parfum précieux. Encouragé, il a brandi un livre :

— Vous connaissez ? *Thyeste*, de Sénèque.

— Euh... je crois que je l'ai vu jouer, il y a longtemps.

— À relire en période de troubles ! Ça permet de relativiser. La haine d'Atrée envers son frère Thyeste, qui lui a tout piqué : sa femme, son trône, et la toison d'or. Atrée reprend le pouvoir mais ça ne lui suffit pas, il cherche une idée de vengeance, un truc extraordinairement méchant, qui épouvanterait l'univers au point que le soleil se coucherait en plein jour, c'est ce que dit le texte. Vous vous souvenez de ce qu'il a comme idée ?

D'un œil, je surveillais Paulus qui se concertait avec Benoît et deux autres types aux mines tendues, ils parlaient d'un fourgon que l'un prêtait à l'autre pour récupérer un âne blessé, Paulus demandait si...

— Vous vous souvenez ?

Jules me fixait.

— ... Hein ? Il lui donne ses gosses à manger en pâté, c'est ça ?

— Exact. Mais en faisant passer ça pour un repas de gala, préparé en l'honneur de leur réconciliation. Après lui avoir fait croire qu'il acceptait de partager le pouvoir ! Comme si ça existait, un type qui partage le pouvoir... Les fils de Thyeste ont été réduits en morceaux, cuits à petit feu, et servis bien chauds. Et Thyeste avale ! Atrée lui dira ce qu'il a mangé, en fin de repas, après avoir trinqué. Je suis en train d'adapter cette histoire. Je l'ai transposée dans un petit village de montagne, en pleine période électorale. Voyez ce que je veux dire ? Ah çà, je vais choquer, ça va grincer, mais je n'ai pas peur ! Mon Atrée ressemblera beaucoup à un certain candidat aux municipales, un genre de petit mec tombé par ici on ne sait pas pourquoi, décidé à conquérir le village, à assouvir ses ambitions, sans jamais se préoccuper de l'essentiel...

— L'essentiel ? ai-je demandé, tout à coup intéressée.

— L'essentiel, oui : les arts ! Quelle offre ici pour la culture, hein ? a-t-il protesté de sa petite bouche ronde. Moi, je dénonce clairement l'absence de culture dans le programme de Mirton. Je n'ai pas peur de le dire.

— Bien sûr, ai-je répondu, vaguement déçue.

Paulus et les autres fermaient leurs manteaux, payaient leur café. Je questionnais Jules sans le regarder :

— Vous êtes originaire d'ici, vous ?

— Pas du tout, je suis de Nice ! La mer, le soleil, les chichis, un peu de foot, un peu de Matisse. Le Negresco, la baie et les putes russes. Les plages privées sur les galets. La messe du 15 août en mer. Le pan-bagnat. Un néant, quoi. L'Isère proposait des aides à la création, à condition de s'installer dans le coin. J'ai atterri ici.

— Où êtes-vous installé ?

— Au début du chemin des Pluies, dans la descente. Deux pièces humides comme tout, mais bon. On imagine qu'il est facile de se loger, dans ces villages, mais c'est un mythe ! Il n'y a que d'énormes maisons délabrées à vendre, et rien à louer. La cure était en travaux quand je suis arrivé, dommage. Si je peux me permettre : ils vous demandent combien ?

Je lui ai donné le prix.

— Ah, tout de même... Trop cher pour moi. J'ai bouffé depuis longtemps ma maigre bourse.

Cette fois, Paulus et les autres passaient le seuil. L'œil de Paulus a rasé mon épaule quand il a refermé la porte derrière lui, rien de plus.

— Et votre festival de théâtre ? Ce n'est pas rien ! ai-je lancé pour juguler mon envie de bondir sur la porte.

— Allons donc. On me laisse le parc de la mairie deux soirs par été, mais ça ne prend pas, ça ne décolle pas. Il faudrait plus de moyens, une vraie volonté politique !

Jules a alors émis un extraordinaire raclement de gorge, tonitruant et gras, long et ample, obligeant à visualiser la glaire. Dans un frisson, je lui ai tendu un mouchoir. Il a soulevé les sourcils :

— Non, merci. Pourquoi ça ?

— J'entends que vous êtes encombré, alors je me permets...

— Encombré ? Qu'est-ce qui vous fait dire... ?

L'effarement et la vexation se lisaient sur son visage de vieux poupon. Personne ne lui avait donc jamais appris qu'il avait un corps, une présence audible ? Ou étaient-ce des appels qu'il lançait malgré lui, sans réponse, jamais ?

Il n'a pas pris mon mouchoir. Incrédule devant ma grossière audace. Je me suis excusée avant de sortir, pressant le pas derrière le groupe de Paulus qui avançait sur le chemin des Pluies.

De nombreux arbres s'étaient cassés, moitié tombés, moitié retenus, enchevêtrés, instables. Les mottes de terre soulevées par le déracinement, les affouillements et les remblais noyés d'eau avaient remodelé les bords du chemin. Brisures de roches, clôtures tordues, pans de tôle soufflés jusqu'ici. Au bas d'un champ, un groupe d'hommes peinait à attraper un mouton blessé, la bête ruait. Le Lovely est apparu, et le ponton, la gloriette. L'ensemble évoquait un décor en cours de démontage. La galerie extérieure pendait, à demi arrachée ; deux panneaux laqués s'étaient décrochés de la façade, laissant le ciment à nu. Pots à palmiers éclatés, gloriette arrachée, pergola éparpillée, lumignons valdingués dans l'eau saumâtre parmi déchets et branchages. Léon et ses copains furetaient déjà dans ce capharnaüm.

Paulus photographiait les dégâts, marmonnait son inquiétude, enjoignait aux gosses d'être prudents. Je me suis plantée devant lui, il m'a saluée d'un soupir :

— Léonore. Ne restez pas là, tout se déglingue, je vais être obligé d'interdire l'accès au terrain. C'est une propriété privée, on l'a un peu oublié.

— Ah tout de même, vous m'adressez la parole.

— Bien sûr, pourquoi ?

— Je vous ai croisé ces derniers jours, et à chaque fois vous aviez l'air...

— Léonore ! a-t-il protesté dans un grondement débordé.

Tignasse sale, puant la sueur et le bois mouillé, cerné, Michel Paulus gardait l'œil rieur malgré la catastrophe. Une gueule de joie solide, d'espoir increvable. Ça m'a troublée. Je ne savais plus pourquoi je l'asticotais.

Tout le monde a tourné la tête vers un scooter qui arrivait, à petits bonds nerveux.

— Mirton, tiens donc, a laissé tomber Paulus.

Enfin je rencontrais le candidat à sa succession, le favori, l'Atrée local. Mirton, visage juvénile et corps étroit de quadragénaire citadin, vêtu de cintré, de fins bracelets brésiliens au poignet, est descendu de son scooter en souriant. Le pas léger, énergique, feignant d'ignorer la boue dans laquelle ses souliers dérapaient, il s'est mis à serrer des mains en souriant plus largement encore. On aurait dit un candidat à la présidentielle improvisant un déplacement en milieu rural.

Il est venu me saluer comme il saluait chacun, avec un enthousiasme et une empathie immenses :

— Vous êtes Léonore, n'est-ce pas ? Et vous venez de vous installer aux Huies ? Bravo ! Je suis toujours heureux d'apprendre que de nouveaux profils viennent construire avec nous l'avenir du village. J'ai mille projets et une super équipe, vous voulez en être ? Quelqu'un comme vous, avec une expérience transversale... car je me suis renseigné, Léonore : vous avez des compétences qui peuvent nous intéresser !

J'ai mis un moment à réaliser que ma main était encore dans la sienne, son autre main posée par-dessus comme pour sceller un pacte. Il me parlait sans quitter le fond de mes yeux, sans ciller, sans lâcher son sourire extatique et bronzé. Convaincre l'autre qu'il est une solution, une valeur sûre, le partenaire idéal.

J'ai immédiatement détesté ce type, mais sa volonté de séduire était désarmante. J'aurais pu lui faire remarquer qu'il en faisait beaucoup alors qu'il serait le seul candidat aux prochaines municipales, et trouverait toujours assez de bonnes volontés pour composer sa liste ; au lieu de ça, un peu étourdie, je n'ai pas dit grand-chose.

D'autres familles suivaient, à pied ou à vélomoteur, en tracteur, comme si chacun avait soudain une bonne raison de passer par là. Léon et son copain Kevin, qui fouillaient les gravats, ont brandi un morceau de bois :

— Hé, m'sieur le maire, la baraque perd son toit !

Benoît proposait son aide, demandait comment se rendre utile, insistait à sa façon : en articulant posément, tête un peu penchée.

— La seule urgence, a grogné Paulus, c'est de faire partir tout le monde, que personne ne se blesse. Mais ils sont têtus ! Je vais me débrouiller pour obtenir un arrêté de péril imminent. Regardez-moi ça, faudrait tout raser !

Benoît a grimacé de dépit :

— Ça, ce serait une idée ! Raser et rebâtir : on pourrait faire ici une belle salle de sport, une maison des jeunes, des ateliers de toute sorte.

— Benoît, nous en avons déjà parlé, c'est trop loin de l'école et de l'arrêt d'autocar, ça ne colle pas. Il faudra trouver autre chose.

— On a aussi répondu ça pour le centre d'accueil social ! Et pour un centre multisport. Si je comprends bien, ça finira par une énième grosse baraque individuelle, égoïste et dévoreuse d'énergie. Quand on pense au nombre de jeunes ménages qui ne trouvent pas à se loger... Il nous faut du locatif, du collectif ! Ce terrain devrait servir à ça.

Paulus a rugi, bras ouverts :

— Mais enfin, les associations elles-mêmes le reconnaissent : c'est trop excentré pour un immeuble d'habitation ! Il faudrait des travaux de voirie dont nous n'avons pas les moyens : élargir la route, en créer une autre au-dessus du champ, stabiliser, aplanir, viabiliser... pour ça il faut modifier le PLU, ce qui n'est pas possible à cause de la loi Montagne.

— Quoi alors ? a bougonné Benoît.

— Des bornes de rechargement pour voitures électriques ! a dit quelqu'un.

— Il y en a une près de l'abreuvoir, et elle ne sert jamais, a rétorqué un autre. Et pourquoi pas des éoliennes ? C'est bien exposé, ici.

— Ah non ! ça non.

— Assez de béton ! Assez de béton !

— Non mais arrêtez avec ça, y a pas de béton en Isère, si on met bout à bout les zones urbaines et industrielles de tout le département, on est à peine à 7 %.

— Forcément, si tu parles des massifs inaccessibles ! Mais je vis pas avec les bouquetins, moi, je vis ici, au village, et c'est assez construit comme ça !

— Ah c'est facile, hein, quand on a hérité de parcelles constructibles pour loger ses enfants...

— Et sinon, un terrain de paintball, non ?

— Aahhh non !

— Au vote municipal, c'est nous qui avons eu le plus de voix, a gémi une voix aiguë. La piste de formation au pilotage de drones, c'est le projet qui a eu le plus de voix ! On avait gagné. À quoi ça sert de voter, alors ?

Tollé, invectives, confusion, ils rejouaient la réunion municipale.

Je me suis éloignée de la pelote humaine. Impossible, dans ces conditions, d'approcher calmement Paulus, de lui parler de l'Idée, il fallait attendre.

Adossée aux sapins, concentrée sur le loin, je plissais les yeux pour flouter la bâtisse, les silhouettes, les débris.

Fixer une pente naturelle, y laisser rouler ses victoires, ses débines et ses erreurs, les écouter sonner, rebondir et dégringoler, avalés par la perpétuité : ça devrait être un droit constitutionnel, protégé par des lois et des décrets, gravé dans le marbre des frontons, confirmé par des jugements. Comme le droit à l'oubli, le droit d'aller et venir, la liberté d'expression ou d'association.

J'observais Bruno Mirton poursuivre sa tournée, campé dans la pente boueuse. Quelqu'un m'avait dit qu'il gagnait sa vie comme communicant free-lance, un autre le pensait gestionnaire immobilier, un troisième... Personne ne datait exactement son arrivée aux Huies. Il souriait à l'un, saluait l'autre, faisait durer les poignées de main. Il tapotait une épaule, caressait la tête d'un enfant. Auprès de chacun il répétait que ce terrain était une formidable opportunité, et qu'il comptait bien, lui, leur futur maire, faire de cet endroit le symbole de leur avenir à tous.

Avenir ! Futur ! Projet !

Nouvelle donne, 4.0, IA, Innover, Créer.

Mirton a fini par grimper sur un tas de planches, d'où il nous a interpellés, portant sa voix plus large, plus loin. Nous tous, éparpillés dans la boue, dubitatifs mais attentifs, lui sur son estrade improvisée, on aurait dit des pionniers du Far West. La harangue de Mirton parlait des revenus substantiels que le village pourrait tirer de la mise en place, ici même, d'un camp d'entraînement à la vie sur Mars.

« Challenge ! », « Sponsors ! » clamait-il.

« Soutien des médias et des industries de pointe », « Mutation du village », « Technologie », s'enthousiasmait-il.

Avec un tel projet, les travaux de voirie seraient de la rigolade, une broutille dans cette révolution d'ampleur.

Les Huies deviendraient un phare, un avant-poste, le monde entier connaîtrait le village où seraient formés les futurs pionniers. Avec les aides de l'État, de l'Europe, de la Nasa, mais aussi des Russes, des Japonais, des Qataris et des Indiens, car tous voudraient en être, ce coin de montagne serait universellement connu ! Le Cap Canaveral de l'Isère ! « Retombées, ruissellement de devises, tourisme... »

— Ah non, non ! ai-je fulminé à haute voix, tout mais pas ça ! Pas le fantasme de l'autre planète ! Il délire ?

Le secret chuchoté de cette vue, le doux suspens de cette pente, livrés au tintamarre d'apprentis conquérants ? Bon sang, si une fois dans ma vie je pouvais agir pour stopper une chose funeste, ce serait là, maintenant.

L'Idée revenait, se reformait, j'en respirais le parfum poivré.

L'Idée roulait sous mon crâne, courait dans mes veines.

Le chiffre bizarre de mes indemnités était la tige au bout de laquelle l'Idée s'ouvrait, fleur timide mais éclatante, pétales pâles et cœur jaune vif.

Acheter le Lovely : voilà quoi faire. Acheter le Lovely pour protéger la pente.

Ce qui fermentait depuis des nuits prenait soudain tournure, j'en trépignais. À mon tour, j'ai grimpé sur un bac à fleurs, et me suis mise à crier à la cantonade, pardessus les envolées de Mirton :

— Les amis, information importante ! Si quelque chose vous intéresse dans la maison, servez-vous ! Tout ce qui peut vous être utile ! Ce qui vous plaît ! J'ai contacté le propriétaire, il abandonne tout. Prenez, prenez, ne vous faites pas mal mais prenez ! Matériaux, meubles, objets, allez-y !

Bergeronnette folle, kamikaze des massifs de laurier, oiseau-augure.

Les têtes se tournaient vers moi, revenaient à Mirton, on chuchotait.

— Qu'est-ce qui vous prend ? a surgi Paulus dans mon dos.

— Quoi ? C'est vrai ! J'ai parlé au propriétaire : il est acculé, il veut vendre, et rapidement. J'ai pensé que...

— Je croyais que vous ne le connaissiez pas. Vous avez bien de la chance, de lui parler, moi je ne l'ai jamais vu. Ses ouvriers, son notaire, oui, mais lui, jamais !

— Marlone est timide.

— Marlone ? C'était pas Jean-Michel quelque chose ?

— Jean-Michel, oui. C'est le même.

— En tout cas, c'est encore lui le propriétaire. Et s'il porte plainte pour vol ?

— Je vous jure qu'il s'en fiche. Vous voyez bien, tout est à l'abandon depuis des mois. Plus ce sera déblayé, mieux ce sera, il me l'a affirmé : cette maison est un fardeau pour lui. Et moi, je me disais...

Silencieux, comme au ralenti, quelques administrés ont commencé à inspecter la terrasse, la gloriette, le ponton, ramassant un volet de bois exotique, des cendriers de grès rose à demi enfouis dans la terre, quelques poteries encore entières. Le filet de tennis. Une lanterne. Paulus, mains au ciel, répétait que ce n'était pas raisonnable. Mirton, redescendu de son estrade, est passé près de moi, imperturbable mais contrarié : ça se voyait à de brefs haussements d'épaules.

— On en reparlera ! a-t-il lancé pour faire bonne mesure, mais plus personne n'écoutait.

J'avais pris ma décision : non seulement acheter le Lovely, mais aussi et surtout raser la maison et tout ce qui avait été construit, sauf la cabane.

Rendre le terrain au vide.

Tout se dénouait, la joie me soulevait, la joie pure ! Cette joie qui, enfant, jaillit sans raison, spontanée et généreuse, et devient plus rare avec le temps, au filet aminci, difficile à convoquer. Qu'on compense par de triviales satisfactions, de brefs amusements, d'amères victoires.

Elle revenait, la joie, il en restait. Je la sentais monter, puissante et claire, me transpercer, me dilater le cœur !

Les années à venir s'en trouvaient dorées.

Être généreuse, éclabousser chacun de cette joie neuve et fraîche, oui, partager. Faire quelques menus dons. Embarquer les autres. Aider. Tout de suite, maintenant.

Bergeronnette libre et impulsive.

Enfant décidée.

Tête de linotte, oui ! Confondant générosité et soulagement de culpabilité, distribution aveugle et soutien pesé.

Quelle audace, quelle arrogance : vouloir aider tout un chacun, comme ça, bille en tête ! De quoi inquiéter, agacer. À tout prendre, on me préférait farouche.

D'abord, au Balcon, j'ai offert plusieurs tournées à tous ceux qui se trouvaient là. La plupart étaient harassés d'avoir réparé les dégâts de la tempête, chez eux, chez le voisin ou un parent, et pas le cœur à rire. Un éleveur fatigué, en combinaison boueuse, m'a dévisagée d'un œil morne tandis que je clamais que c'était ma tournée. Personne n'a su quoi penser de mon geste. À peine commençaient-ils à s'habituer à ma présence, voilà que je les autorisais à piller le Lovely. À peine avais-je découvert cette maison, voilà que je révélais en connaître le propriétaire.

Quelles étaient mes intentions exactes, mon état de fortune ? C'est important, tout de même, de situer les gens. On aime savoir à qui on parle, c'est instinctif, inévitable. Personne n'a osé m'interroger ; on m'a adressé des moues de remerciement, vaguement suspicieuses.

Plus tard, quand le bar s'est vidé, j'ai fait signe à Colette. Je voulais lui offrir cette formation qui l'intéressait, en confection de bijoux. Ses couronnes et bracelets étaient des bricoles sans originalité, mais j'aimais l'idée d'une ambition artisanale, la fabrication de choses fragiles en ficelle, perles ou coquillages, j'aimais penser qu'il ne fallait que deux mains et deux yeux pour les concevoir, les faire naître. De combien avait-elle besoin ?

Colette a haussé les épaules :

— Oh, pas la peine de rêver. La formation la plus courte dure quinze jours, et même celle-là est hors de prix. Qui pourrait se payer ça ? Et attendez, il y a le logement, le trajet... les cours se passent à Nice, ou à Paris, je vous dis pas le prix des chambres d'hôtel ! C'est gentil de vous intéresser, mais vous voyez bien...

— C'est vrai, ai-je insisté, il faut compter le logement, les repas et les faux frais, et puis j'y pense : de quoi démarrer l'activité, un stock de matières premières, une trésorerie de départ. Idéalement, il faudrait, disons, attendez que je compte...

Colette balançait entre effarement et agacement :

— Et pourquoi pas une boutique place Vendôme, tant qu'on y est ! Laissez tomber. Ça me démoralise de penser à ce que je pourrais faire avec un peu de fric. Il me faudrait dix ans d'économies...

Moi, recrue de vent et d'avenir radieux, bergeronnette-mécène planant dans le grand espace d'entre-les-monts, enfant prodigue, j'ai souri, triomphale. Bref passage à l'appartement pour rédiger le chèque – ô Colette, ses yeux tristes et ses couronnes de fleurs, et cette phrase qu'elle avait eue : « Je suis faite pour ce qui est beau ! »

J'étais en pleine crise de *Vouloir Bien faire.*

Si facile à confondre avec *Faire le Bien*, si étrangement proche de *Se faire du Bien*, presque jumeau d'*Avoir cru Bien faire*, cousin de la fratrie *Faire de travers / Faire à tort et à travers / N'en faire qu'à sa tête.*

Le fameux chemin, celui pavé de bonnes intentions.

Redescendue quatre à quatre, j'ai brandi mon chèque sous le nez de Colette. Elle l'a lu, yeux écarquillés, muette d'incrédulité, puis a commencé de bredouiller des remerciements fous en s'essuyant nerveusement la bouche, le nez, comme si la stupeur lui brûlait le visage. Il faut l'admettre : son émotion était gratifiante.

Ma journée n'était pas finie.

Ffrrrt, *ffrrrt*, impulsive et ambitieuse bergeronnette, je suis repartie dans le soir froid, gonflée à bloc, quand j'ai senti nettement, cuir et vanille, le parfum de Jules.

Jules ! Pour lui aussi, je voulais faire quelque chose.

Suivant le sillage sucré, aussi lisible qu'une pancarte, j'ai traversé la place jusqu'à un renfoncement entre deux bâtisses. Un trait de lumière sous la porte d'une maisonnette. Son nom sur la boîte aux lettres. Une marche. J'ai toqué à la porte.

Pas de réponse, mais un remuement infime, le grésillement d'une télé ou d'une radio. Il est donc là, je vais pouvoir lui annoncer mon soutien à son festival de théâtre, il sourira enfin. Je frappe encore, tripote la poignée : la porte s'ouvre d'elle-même.

La pièce n'est pas grande mais chaude, embuée de vapeur, parfumée à la tomate. Jules, en caleçon sur un vieux canapé, penché au-dessus d'une casserole posée sur des palettes, jambes écartées, engloutit des nouilles blanches et luisantes. Face à lui, sur un large écran de télé, des jeunes gens en maillot de bain s'invectivent. Jules avale sans les lâcher des yeux. Je toussote mais il n'entend rien, plongé dans les images et les nouilles.

C'est l'air vif entré par la porte qui lui fait tourner la tête. Il sursaute à ma vue, l'œil rond.

— Désolée, je voulais pas...

— Mais ! Quoi ! On...

— Oui, pardon, je m'en vais, je m'en vais. Vraiment je n'ai pas ! Pardon...

— Comment vous... Quel culot ! Bien la peine de me...

— Mais je vous dis que je pars, pardon ! Rien de...

Nos exclamations épuisées, nous restons muets, face à face. Les jeunes gens en maillot de bain se tiennent alignés face à un genre de chef. Une fille en gros plan, tatouée, ses énormes seins parfaitement ronds collés à la caméra, soupire sa déception d'avoir été trahie par l'équipe des jaunes. Jules s'essuie le menton, attrape une télécommande pour couper le son, puis un jean, qu'il enfile.

— Qu'est-ce que vous vouliez ?

— Vous saluer. J'ai frappé mais vous n'avez pas entendu. Je suis désolée.

— Je regardais ça d'un œil, dit-il d'un air gêné, un coup de menton vers la télé. C'est histoire de me tenir au courant de ce que les gens regardent... Ce genre de programme peut capter jusqu'à un million de spectateurs... un million ! Les quinze-trente ans en France, surtout. Quasiment 10 % des jeunes allument leur télé ou leur ordi pour ce seul programme... Il faut l'admettre, inutile de le nier.

— En effet, c'est pas négligeable.

Enhardi, il se redresse, reprend le ton et la posture qu'on lui connaît, bouche en rond :

— C'est intéressant de comprendre les ressorts dramaturgiques de ces programmes, pourquoi ça marche. C'est plus structuré, plus écrit qu'on ne le pense. Le montage ! La clef de ces trucs, c'est le montage.

— Ah oui ?

Il finit par m'offrir un verre de vin, que je bois debout en faisant attention à ne pas poser les yeux sur les reliefs de repas, les recueils de mots fléchés, les chaussons défoncés, tout un fourbi tristement casanier.

Je quitte les lieux aussi vite que possible.

Plus d'élan, cette fois. Bergeronnette bonne à rien, sauf à se cogner. Rentrer. Un pied devant l'autre. Me coucher.

Comme je traverse la place, Paulus gare justement sa voiture, s'en extrait, claque sa portière avec effort. Plus large et exténué que jamais, des feuilles dans ses boucles grises, plus sale et plus beau que jamais. Il m'aperçoit.

— Léonore. On ne se quitte plus aujourd'hui ! Vous voyez que je ne vous fuis pas.

Je titube de dépit. À quoi bon ? Qu'avais-je cru ? Que les gens des Huies m'attendaient, moi et mon argent stupide ? J'avais échangé quelques mots avec tel ou tel, et alors ?

Perdue, en tort. Envie de pleurer.

Paulus s'approche, il a ce geste d'attraper doucement mon coude :

— Eh bien allons. Que se passe-t-il ?

— Bof. J'essaie d'aider mais je ne sais pas m'y prendre.

Paulus sourit :

— Vous avez tout de même réussi votre petit effet, tout à l'heure, au Lovely. Ils ont fait main basse sur tout un fatras.

— Ils ont bien fait.

— Je ne vous en veux pas mais je suis encore maire, et je suis censé respecter la prudence. Je vais faire barrer l'accès au terrain. Vous montrerez l'exemple, Léonore ?

— Mmhh. J'ai aussi fait ça pour couper la chique à Mirton. J'en avais marre de son baratin sur l'avenir glorieux du village et le camp d'entraînement pour astronautes. Vous y croyez, vous, à la vie sur Mars ? Je vous le dis tout net : l'humanité entière peut bien déménager là-bas, moi, je reste.

Paulus a un grand rire, silencieux et lent, visage fendu d'amusement :

— Je reste aussi !

Je me retiens de me jeter sur lui pour l'embrasser.

8

Quelques jours plus tard, un ruban orange vif courait autour du terrain du Lovely, et un panneau tout neuf indiquait « Danger ». Une poignée de Huisards avaient déjà soulevé le ruban aussi naturellement qu'ils auraient enjambé une flaque. Comme ces derniers jours, ils fouillaient autour de la maison, piochaient, glanaient, dévissaient, puis repartaient sans se presser, leur butin à la main, formant un vague défilé sur le chemin des Pluies. Benoît, Kevin et ses copains, deux fils de madame Saintioz, d'autres dont j'ignorais les noms. Léon, posté au milieu du terrain, désignait les objets à leur passage, d'un ton égal d'aboyeur : « Boule à facettes pour pergola », « Matelas gonflable en forme de cygne rose, troué », « Planches de bois exotique lasuré »...

Assis sur une souche un peu à l'écart, Jules crayonnait dans son carnet. Je le nommais secrètement historiographe d'un royaume en péril.

Je suis montée m'asseoir devant la cabane. Le molleton des nuages se déchirait sous les percées de soleil, j'ai fermé les yeux pour mieux cueillir sa chaleur. Façon aussi d'ignorer certains regards qu'on me coulait, et les conciliabules chuchotés à mon passage. Léon est venu me saluer d'un demi-sourire.

— Léon, qu'est-ce qu'ils ont après moi, tu sais, toi ?

— ...

— Quoi ? Dis-moi, si tu sais !

— Ils disent qu'en fait vous êtes la copine du propriétaire, et qu'en fait vous êtes riche, et que vous avez menti.

— Riche ? Mais pourquoi ?

— À cause de Colette ! Elle est partie ce matin rejoindre son copain, en Californie. Elle a laissé un mot, elle explique que vous lui avez donné de l'argent. Du coup, Geneviève doit se coltiner elle-même le service au Balcon depuis ce matin, et les pluches pour le midi, elle est furieuse.

— Geneviève ?

— Geneviève Chillon, la gérante du Balcon. Elle a pas bon caractère. Sa sœur Marie-Claude est plus sympa. Marie-Claude, vous voyez ? Celle qui s'occupe de l'association « Un jardin pour nos cendres ».

— Je ne la connais pas.

Peut-être que si. Il y avait cette femme, à la réunion municipale. Je la revoyais se lever, se camper, le regard flambant, réclamer un jardin cinéraire et rappeler à tous, d'une voix forte, le respect dû à nos morts.

— Je l'ai peut-être déjà vue, si. Brune, les cheveux courts ? La cinquantaine ?

— C'est ça. Marie-Claude.

— Marie-Claude Chillon. OK. Je lui trouve pas l'air plus commode que sa sœur. Geneviève va m'en vouloir, alors ? Je suis désolée, mais comment j'aurais pu savoir, pour la serveuse ? Je ne pouvais pas deviner qu'elle allait disparaître. Elle voulait faire une formation pour perfectionner ses colliers. Elle fait bien des colliers, Colette ? Tout le monde connaît ses colliers.

— Elle les vole. Ses couronnes dans les cheveux, elle les vole aussi. Dans les petites boutiques, en plaine. Elle s'est déjà fait prendre. Tout le monde le sait.

Respirer, laisser passer la stupeur. La vexation.

Englober le terrain d'un coup d'œil, flouter l'essaim de silhouettes s'agitant autour de la maison, chercher le vide, le loin. Un craquement sinistre m'a ramenée à l'instant. Un grand type, d'un coup d'épaule, venait d'enfoncer une porte latérale de la maison, et y entrait.

Les uns, les autres, peu à peu et l'air de rien, nous avons suivi. À la queue leu leu pour pénétrer cette fichue bicoque. Et Paulus aussi, qui venait d'arriver et se désolait de nous trouver encore là, et Léon, Kevin, et même Jules, qui finalement s'était levé, et Benoît, tous les autres et moi, en file. Nous n'avons pas résisté à l'envie de savoir comment c'était, dedans, et c'était à peu près comme on pouvait l'imaginer. Un salon blanc aux murs couverts de miroirs découpés en flèches ou en zébrures, reflétant les zébrures noires du carrelage, les peaux de zèbres étalées au sol, les canapés bicolores, les photos de nus en gros plans décadrés. Un vestibule laqué mauve et rouge évoquant un vestiaire de boîte de nuit. Une chambre ronde à lit rond, entièrement dorée, à plafond aquarium ; une autre entièrement noire ; une salle de bains de ranch, baquet de bois et broc en étain ; une autre japonaise, vasque en pierre et paravent. Un studio d'enregistrement, un billard, un sauna. Un dressing. Pas peu fière, j'ai fait signe à Paulus avec autorité, qu'il vienne voir. J'ai soulevé le tapis et découvert la trappe, nous avons eu du mal à déverrouiller le lourd capot de fonte. Nos ahanements ont fait venir les autres :

— Y a quoi ?

— C'est quoi ?

— Ça donne sur quoi ?

J'ai gardé un silence d'initiée.

S'introduire doucement dans l'escalier en colimaçon. Trouver un interrupteur. Le bunker s'est éclairé de néons crus. Un à un, nous nous sommes introduits dans cette cave de ciment brut. Murs matelassés de laine de verre, groupe électrogène, congélateur et ordinateur, lit sommaire, rayonnages métalliques bourrés de bocaux. Couvertures en alu, radio militaire, haltères, station météo, mini-labo. Un camp retranché.

Un groupe de jeunes garçons nous avait suivis. Massés dans l'entrée, ils sifflaient leur admiration, identifiaient les équipements. Pas vraiment désorientés ni surpris. Des adolescents que j'apercevais parfois, tôt le matin, monter dans l'autocar pour rejoindre leur lycée, leur stage, leur école en alternance, mais invisibles les week-ends. Colette m'avait dit un jour que la petite bande sortait surtout la nuit, pour se retrouver dans une scierie abandonnée ou au cimetière, fumer en écoutant de la musique ou regarder en ricanant des vidéos de meurtres, du porno amateur, s'essayer à l'hypnose ou au chamanisme, picoler, se passer de bouche en bouche une baudruche de protoxyde d'azote, s'amuser de voir leurs joues trembler d'un rire mécanique ; il faut que jeunesse se passe. Ils passaient leur permis dès que possible et fomentaient une autre vie, ailleurs, en ville, où la plupart étaient nés avant que leurs parents ne décident de cette mise au vert. À l'évidence, ils se tenaient à distance des fils Saintioz ou Chillon, ceux d'ici, qu'on voyait aider leurs parents aux champs le samedi, qui chassaient le chamois dès leurs seize ans, participaient aux fêtes de village, s'engageaient dans la fanfare ou la chorale.

J'interrogeais mes dix-sept, dix-huit ans. Voyons... On achetait des livres et des disques à la Fnac, oui, des livres de papier et des disques en vinyle. Les plus politisés manifestaient contre la sélection en université, beaucoup suivaient le mouvement histoire de sécher les cours, tandis que les parents déploraient la « cohabitation », cette nouveauté bizarre qui brouillait les lignes. La plupart se contentaient de rêver au dernier walkman Sony, *autoreverse*. Grands et petits restaient dubitatifs devant le projet de tunnel sous la Manche : *sous* la Manche ? Tu parles ! Les numéros de téléphone passaient à huit chiffres mais il restait compliqué de parler tranquillement aux copains, le combiné familial trônant dans le salon, le fil à peine assez long pour se planquer dans la cuisine, « Bon je te raconterai demain, là je peux pas, d'accord à demain, sept heures cinquante sur le quai de Porte de Choisy ». On voyageait avec une carte Interrail – dormir dans un Paris-Nice économisait l'hôtel –, on appelait les parents en PCV, on écrivait des cartes postales.

Toutes les filles, toutes, nous étions trop bronzées l'été, y compris nos seins qu'on arborait nus à la plage, et celle qui ne s'y conformait pas était une intrigante montrée du doigt. Le point commun entre les jeunes que nous étions et ceux d'aujourd'hui, c'était l'angoisse diffuse de ne pas trouver quoi faire de soi. Une place. Une contenance. Un boulot. Une allure. Ce qui était nouveau et que ceux-là devaient se coltiner en plus, c'est que se montrer adaptable, docile et enthousiaste, ça ne suffisait plus, ça ne protégeait de rien. Gagner gentiment sa vie pourrait ne pas être une réponse suffisante aux menaces de l'époque, plus vastes et plus terribles que celles d'alors.

Le pathétique du bunker faisait pouffer les adultes, nous en étions gênés. Les plus jeunes étaient fascinés et admiratifs. Selon eux, les raisons d'aménager ce genre de cachette ne manquaient pas.

— Ouaahh... le mec, il gère grave. Genre il est prêt pour le *big big* black-out. Ou un feu géant. Ou une canicule de trois ans.

— Ce qui arrivera d'abord, c'est une guerre chimique, tu verras. Regarde, il a des masques à gaz !

— Il doit avoir des infos sur les Russes et les Chinois.

— Sur l'Iran aussi ! Il est peut-être espion ? Franchement, moi je dis qu'il a raison.

— Ouais, y a que les boomers pour rien comprendre. Les pauvres, ils continuent de rigoler en prenant l'apéro.

Nous autres, les bien plus de trente ans, n'avons même pas tenté de les rassurer. Jules a marmonné quelque chose qui ressemblait à *Vanitas vanitatum, omnia vanitas,* mais ses mots sont tombés comme des cailloux sur le béton du bunker, sans écho. Benoît a fini par faire remarquer que l'air de ce sous-sol devait être vicié. Les gamins ont haussé les épaules.

— Hors sujet, a lancé l'un d'eux.

— Pompe de recyclage, a lâché un autre, désignant d'un index une bouche d'aspiration.

Nous sommes rentrés du Lovely par grappes silencieuses, espacées sur le chemin des Pluies. Benoît, Paulus et moi ; puis le groupe d'adolescents, puis Jules et encore quelques autres. Frissonnant à cause de l'humidité soudaine du sous-bois, je me disais : malgré mes gaffes, malgré Colette, malgré mon projet, je me tiens tout de même là parmi eux, et nous marchons ensemble d'un même pas.

Nous approchions du banc au Christ quand des silhouettes sont apparues face à nous. Une autre colonie surgissait, des hommes et des femmes avec le même regard, le même air de famille, habillés de propre, la mine déterminée.

À l'avant-poste de son clan, Marie-Claude Chillon, solide et frondeuse ; au coude-à-coude avec elle, sa sœur Geneviève, la gérante du Balcon. Derrière, la famille : brus, gendres, beaux-frères, oncles, cousins ; des Chillon, des Carrier-Mollion, des Barrioz, familles dont les noms se tricotaient depuis des générations. En fin de marche, une fanfare : des trompettes et un hélicon, un accordéon et un tambour. En escorte, Bruno Mirton, sautillant autour du groupe, arborant son inusable sourire.

— Quoi encore ? marmonne Paulus.

Il fait un signe à Marie-Claude Chillon, elle lui répond d'un coup de menton. Les deux groupes s'immobilisent chacun derrière son porte-parole, face à face, séparés par le banc, le Christ, la promesse d'indulgence gravée dans le marbre.

Les musiciens se taisent.

Une seconde de flottement dans la délégation.

De notre côté, nous nous ramassons autour de Paulus. Est-ce qu'on va se battre ?

Soudain, deux frères Chillon déploient à bout de bras une large banderole sur laquelle on peut lire : « Un jardin pour nos morts, un lieu pour nos souvenirs ». Les Chillon se mettent à scander le slogan, leurs voix mal calées ne laissent entendre que « morts » et « souvenirs ». Ça suffit à les galvaniser et nous sentons durcir leur cohésion. Mirton, un peu écrasé par les carrures des hommes, fait de son mieux pour applaudir, que chacun remarque sa ferveur.

Les musiciens reprennent, ils attaquent un standard de Joan Baez.

— Qu'est-ce qui se passe ? demandé-je à qui voudrait me répondre.

— Ce sont les Chillon et leur association, dit Jules.

— À l'origine, précise Benoît, la famille voulait disperser les cendres du grand-père au ruisseau du Grand-Pré. Ils avaient prévu une petite cérémonie...

— Et je leur ai dit non, bougonne Paulus, car c'est illégal.

— C'est vrai ?

— C'est vrai ! On ne peut pas disperser des cendres humaines où on veut, explique Benoît. Il faut le faire dans un site funéraire, ou alors en pleine nature, en mer ou en haute montagne. Mais on se trouve souvent en terrain privé ou communal, sans le savoir.

— Pourquoi les Chillon ne vont pas en montagne ?

— À cause de la grand-mère, la veuve, continue Benoît de son ton précis. Elle ne tient plus sur ses jambes. Le ruisseau pouvait convenir, il est accessible, près de la route, mais justement : les cendres risqueraient de voler sur la route, c'est interdit ! Au fond de son propre jardin : interdit. Dans un champ qui est forcément à quelqu'un : interdit.

Les musiciens passent à Joe Dassin.

— C'est pour ça qu'ils réclamaient un jardin du souvenir, et c'est vrai, je suis en retard sur ce dossier, conclut Paulus de sa grosse voix navrée.

— C'est tout de même obligatoire depuis 2013 dans les communes de plus de mille habitants ! Nous sommes mille cinquante-deux, siffle une voix de femme.

— Et Mirton, qu'est-ce qu'il fait là ?

— Devine ! Il leur a promis de régler ça une fois élu.

Les Chillon entonnent *La Montagne*, de Ferrat. Bruno Mirton bat la mesure en tapant dans ses mains, à moins qu'il ne lutte contre le froid. La température vient de chuter, le ciel noircit, plongeant le chemin dans la pénombre.

— Le *jardin du souvenir*... C'est d'un tarte ! m'amusé-je.

— C'est l'expression qui figure dans la loi, dit Paulus. Un endroit réservé à la dispersion des cendres. Avec un columbarium pour les urnes et de quoi s'asseoir. La Région accorde une aide si on commande une sculpture originale.

— Aux Blêts, dit quelqu'un, c'est un puits moche en béton, on dirait un tout-à-l'égout !

— Il y a des modèles en bois, avec une grille et des galets par-dessus.

— Une pelouse toute simple, c'est pas possible ?

— C'est pas recommandé. Si on disperse aussitôt après la crémation, les cendres sont encore brûlantes, paraît-il.

— C'est vrai ! Mon beau-frère s'est brûlé le poignet avec sa mère, je veux dire, avec les cendres de sa mère. Il en a lâché l'urne.

— C'est des conneries. Ils refroidissent les cendres avant de les mettre dans l'urne !

— Il existe de belles scènes de dispersion dans la mythologie, dit Jules. Celle où Andromaque veut empêcher qu'Ulysse répande son fils Hector. Pour eux, la dispersion était une défaite, un outrage.

En face, Marie-Claude Chillon lève les mains, les chants cessent. Elle sort un mégaphone de sous son manteau, et sa voix explose dans les branches des arbres, dans nos côtes et nos tympans :

— Monsieur le maire ! Malgré une mise en demeure officielle, vous n'avez toujours pas installé de jardin du souvenir aux Huies, au mépris de vos obligations !

— Mais Marie-Claude, commence Paulus de sa voix nue qui semble sourde, je vous ai reçue, je vous ai expliqué : ça avance ! J'ai rencontré la semaine dernière des professionnels du funér...

— Puisque vous refusez, tonitrue le mégaphone, d'accorder aux morts la place qui leur revient, et que le seul projet qui vous importe est ce terrain du Lovely, nous allons disperser mon père sur le terrain du Lovely ! En avant !

Le clan Chillon se met en branle mais notre groupe occupe la largeur du chemin, alors chaque Chillon se faufile, s'infiltre, s'insère parmi nous, épaule à épaule, souffle à souffle. L'hélicon heurte une tête. Bruno Mirton est coincé. Une humidité glacée monte de la terre, tombe des troncs, pénètre nos manches. Le ciel est une menace opaque, on ne sait plus si c'est le matin ou le soir. Les porteurs de la banderole s'arc-boutent, le vent s'engouffre dans le tissu. La famille Chillon progresse, criant pour s'enhardir :

— Au Lovely ! Au Lovely ! Au Lovely !

L'accordéon se cale vaguement sur cette scansion.

Paulus parlemente seul :

— Vous n'allez tout de même pas m'obliger à appeler les gendarmes, allons !

Visages fermés, les Chillon avancent, nous autres faisons demi-tour pour les suivre. Un magma humain énervé se forme, il emprisonne ceux qui voudraient partir, dérive par bonds et contractions vers le terrain. Le ruban orange arraché s'enfonce dans la boue, nous gravissons la pente, nous y sommes.

Une auto klaxonne sur le chemin, arrive en cahotant, se gare, on en sort la grand-mère Chillon, veuve du défunt ; on la soutient, on la porte à demi, on la conduit près de sa petite-fille, on lui fait place. Marie-Claude brandit un sac, en extrait l'urne. Silence. Tous les regards rivés sur le pot d'aluminium imitant le marbre noir, avec fausses veines blanches sur l'arrondi. Elle tient l'urne à deux mains, commence à dévisser le couvercle. La voix de Paulus dans le ciel épais :

— Je vous informe que j'ai le pouvoir de vous verbaliser ! J'en serais navré, ne m'y obligez pas. Vous êtes sur une propriété privée !

Les invectives fusent, des rires mêlés d'insultes, la trompette couvrant le tout.

Paulus plonge la main dans une poche intérieure de sa parka, en sort son écharpe de maire. Je pouffe nerveusement. La transporte-t-il ainsi partout, toujours ? En hâte, il passe l'ornement en bandoulière, ajuste le tissu, le bleu près du col, le rouge vers le bas, les glands à franges d'or sur les reins.

On se tord les pieds dans la terre encore spongieuse de l'orage, le pliant apporté pour la grand-mère s'y enfonce de biais. Marie-Claude ordonne, l'urne ouverte sous un bras :

— Chantons !

Paulus s'approche d'elle, pose sur son bras une main très officielle. Marie-Claude l'écarte d'un geste vigoureux et ample, exactement le geste du semeur pour cette première poignée de cendres. Paulus fait un bond, les cendres lancées dans l'air croisent une bourrasque glacée, des traînées poudreuses atterrissent un peu partout en paquets sur nos jambes, nos cheveux, nos épaules.

La Chillon chante plus fort et disperse à pleines poignées, sa main devenue grise, gantée de cendres. Les pulvérulences hésitent, portées par les tourbillons de vent qui en font des grumeaux à la trajectoire imprévisible. Nous époussetons nos manteaux et nos têtes du même geste nerveux épouvanté.

Un banc de brouillard passe, on n'y voit plus rien, puis un peu, mais on peine à croire ce qu'on voit : il neige. Des flocons durs semblent jaillir de sous les sapins, c'est un grésil qui fouette les joues, investit narines et oreilles. En quelques minutes, chacun devient une silhouette évanescente. Cendres, bourrasques de neige, mugissements du blizzard et de l'hélicon.

On se met dos au vent.

On se recapuchonne, on cligne des yeux.

On ne sait plus si ce qui nous tombe sur la figure est l'eau gelée du ciel ou les restes d'un homme.

Un signal mystérieux sonne la débandade ; tout à coup nous courons pour quitter le terrain, rejoindre le village, au moins le couvert des arbres. Je cours et je glisse avec les autres, je cours et je crie pour faire comme eux, peut-être fuyons-nous tous cette vision de nous-mêmes éparpillés, poussières humaines à notre tour, voletant entre les sapins.

Paulus et moi avons finalement atteint la place de l'Église, nous nous sommes retrouvés nez à nez, hébétés. Plus personne autour. On n'entendait que le bruit de succion de nos chaussures alourdies de boue. Nos manches, nos cheveux et nos nez gouttaient, nous étions transis. J'ai cru lui proposer de monter chez moi en le tutoyant, je me le reprochais déjà, mais en réalité rien n'était sorti de ma bouche, je n'avais pas dit un mot. Il m'a pourtant suivie vers la cure, puis dans l'escalier et dans l'appartement.

— Déshabille-toi. Pour te sécher, je veux dire.

Cette fois, je l'avais dit.

— Léonore..., a répondu doucement Paulus.

Nous nous sommes regardés comme deux animaux étonnés. Il a ôté sa parka, puis d'une seule pièce son pull et sa chemise.

Ses épaules encore rondes, mobiles. Dans le creux des coudes et des aisselles, des nids de plissements, des surplus doux. Ses seins d'homme, lourds mais pouvant encore sauter sur ordre des pectoraux. Son estomac joyeusement rond, un fouillis de poils roux et blancs qui, à partir du sternum, se rangent en une ligne verticale, de plus en plus brune à mesure qu'elle approche du sexe. J'ai immédiatement aimé ce corps éprouvé mais enthousiaste. J'ai tendu à Paulus une serviette avant de me raviser et de lui essuyer moi-même les cheveux, le torse que j'embrassais, tandis qu'il ouvrait mon pantalon et le descendait sur mes chevilles, passait mon pull par-dessus ma tête et baissait mes bretelles de soutien-gorge, moi lâchant la serviette, secouant les pieds pour les extraire de mon pantalon, riant de nos gestes emmêlés. Mais le rire peut être nocif à ces instants précis, nous le savions l'un comme l'autre, aussi nous avons tenté de nous contenir, pouffant bouche fermée, ce qui nous excitait et nous soulevait davantage.

Une fois tout à fait nus dans la lumière du jour, nous avons cessé de rire. L'un comme l'autre à mi-chemin de vie, et même une bonne coudée après. Un pied dans le renoncement, un autre dans cette course que nous courions encore certains jours, par à-coups, à cloche-pied. L'un et l'autre à ce kilomètre où renoncer et poursuivre étaient deux points de vue défendables, ça se jouait à peu. Dans ce contexte, faire l'amour était une idée simple, modeste, un rituel de survie dépouillé de toute mythologie. Pourtant... peut-être était-il encore possible de vivre quelque chose de grave, d'important, de solennel. Ça arrivait à d'autres. Ce n'était pas aussi sûr qu'autrefois, mais pas exclu. Qu'il survienne encore, ce vertige important presque oublié, et nous embarque vers la gravité.

Paulus scrutait mon corps comme il aurait étudié une carte, je souhaitais confusément qu'il souffre de presbytie ; quand il s'est fixé sur mon entrejambe j'ai protesté, mais il a levé une main pour me faire taire, goulûment rivé sur les poils qui moutonnaient sur mon pubis et jusqu'en haut de mes cuisses.

Il s'est mis à genoux, un puis l'autre, a approché ses doigts, sans toucher, effleurant seulement. Moi je frissonnais – ça tendait la peau de mes seins et de mes fesses, c'était positif, pensais-je, ça compenserait les zones écroulées comme cire fondue. Courage : tant que Paulus regardait mes poils, il ne remarquait pas le reste, ni mon hallux valgus. Son silence effaré a fini par m'inquiéter. Devais-je me rhabiller ?

— Une toison ! a-t-il enfin prononcé. Une toison entière ! Sais-tu comme c'est rare de nos jours ? Mon Dieu, des poils, des poils !

Et Paulus a enfoui son nez entre mes cuisses, ses bras autour de mes fesses, ce qui m'a fait tomber sur le lit où nous nous sommes employés à retrouver ensemble, patients et craintifs mais avides, la furtive joie violente.

— Tu es très jolie.

— Très jolie pour mon âge, tu veux dire.

— Très jolie. Ne me parle pas de ton âge sinon je vais penser au mien.

— Moi je t'ai trouvé magnifiquement vieux dès que je t'ai vu. Impérial et vaste, comme il est impossible de l'être quand on est plus jeune. C'est vrai ! Magnifique.

— Ah ! Pourtant, quand je te croisais, tu avais toujours l'air de me détester, l'œil furieux.

— C'est toi qui avais l'air furieux ! Agacé, fuyant...

Paulus a ri de son gros rire. Il m'a attirée contre son torse, sous le drap. Il sentait la sueur, ses aisselles abritaient chacune un bouc soyeux et grisonnant près duquel je me suis nichée avec félicité. Nous pourrions nous entendre, pensais-je. Fallait-il y croire, ou surtout pas ?

— Quelle journée ! a murmuré Paulus.

— Ah oui ! Ça arrive souvent, de la neige à cette saison ?

— Ça arrive.

— C'était beau, et la cendre aussi j'ai trouvé ça beau, ai-je avoué. Cette Marie-Claude Chillon, elle est un peu folle, mais elle ne manque pas de cran.

— Je suis quand même en tort, dans cette histoire. Le grand-père n'était pas encore mort qu'elle faisait déjà tout un foin pour savoir où le disperser...

— Pour être dispersé, il a été dispersé, pauvre homme ! ai-je ri.

Paulus n'a pas ri.

— Tu vas l'acheter, la baraque, n'est-ce pas ? J'en suis sûr. Tu peux bien le dire ! Tu es toujours fourrée là-bas. Si c'est ça ton projet, dépêche-toi. Sinon Mirton, une fois élu, fera jouer son droit de préemption et il te doublera. Il obtiendra un vote sur n'importe quel projet pour mettre la main sur le terrain. Et ça se comprend.

— C'est vrai, je pense l'acheter. J'ai essayé de t'en parler. Je ne sais pas si j'en ai les moyens mais j'aimerais bien. Tu te souviens de notre rencontre, au bar des Blêts ? Le lendemain, j'ai cherché cet endroit. J'ai découvert cette large butte, cette montée douce et, à son sommet, le point de vue. Tu as remarqué quelle vue on a de là-haut ? Bon, il y a la maison et tout le bazar, mais si tu rases tout, imagine un peu... Vue dégagée sur l'étendue de vide, tu vois ce que je veux dire ?

— Oui, oui.

— Le mieux, c'est quand tu te places devant les framboisiers, dos aux sapins. Ça fait devant soi comme... comme la première page d'un gros bouquin génial. J'étais si heureuse d'avoir trouvé cet endroit, Paulus. J'ai voulu partager ma joie, faire quelques cadeaux, je m'y suis mal prise. Je ne pensais pas du tout que Colette décamperait comme ça. J'y ai cru, à son histoire de fabriquer des bijoux...

— Elle t'a parlé de bijoux ? À moi, elle avait parlé d'une formation en œnologie...

— Œnologie ? Oh écoute, laisse tomber, je me suis fait avoir. Oublions.

— Pardonne ma question mais : as-tu distribué beaucoup de chèques ? Excuse-moi, c'est que les rumeurs vont vite.

— Mais non ! J'ai payé une tournée au Balcon, c'est tout. Je ne suis pas si riche. J'ai touché quelques indemnités de départ, j'espère avoir de quoi acheter le Lovely, mais une fois la maison rasée, je serai à sec. J'arrangerai la cabane pour y vivre et me régaler de cette vue, rien de plus. Tout le monde pourra en profiter ! Je laisserai le terrain ouvert. Ah ! et puis je pourrais planter d'autres framboisiers, ou des plantes rares ? Je pourrais, comment dit-on déjà, c'est la mode... sanctuariser, voilà, sanctuariser la prairie !

Paulus, muet, s'est écarté légèrement, puis s'est assis au bord du lit. Il a remis sa chemise, l'a boutonnée. Son changement d'humeur m'a glacée.

— Quoi ? ai-je tenté.

— Tu ne comptes pas te faire construire une nouvelle maison ? a-t-il demandé sans me regarder.

— Non, je te dis, je préfère arranger la cabane. La faire agrandir un peu, peut-être. L'isoler, oui, pour l'hiver. Mais c'est tout.

— Donc tu achètes le terrain et la maison, uniquement pour la raser et laisser tel quel ?

— Eh bien. Comme je t'ai expliqué, quoi. Elle est belle, cette longue pente... c'est si rare !

— Tu plaisantes ? Tu t'es un peu promenée par ici ?

— Mais les champs, c'est autre chose ! C'est cultivé, c'est clôturé, ou bien il y a des bêtes dessus. Et les pentes sauvages de la montagne, c'est loin ! Là, ce serait un endroit du village dédié à la vue sur l'espace entre les montagnes.

Paulus s'est retourné, furibond :

— Ce terrain est convoité depuis des mois, ils s'étripent sur divers projets, rêvent de retombées économiques, et toi, tu comptes acheter pour ne rien en faire ?

— Tu y crois vraiment, au camp d'entraînement pour astronautes ?

— Bien sûr que non, mais c'est une piste, une tendance !

— ...

— Je croyais que tu cherchais une cause à soutenir...

— Le Rien, ça ne peut pas être une cause ? ai-je demandé.

— ...

— Paulus...

— On ne t'a pas attendue pour admirer la vue ! a-t-il assené. Seulement, les gens d'ici ont aussi une vie à mener. Une famille, un travail, une maison. Le contraire de *rien*. Il leur faut des logements, des terrains de sport, des places de crèche, des parkings. Une seule partie de ce terrain pourrait répondre à certains projets. Et sans boucher la vue sur la montagne !

— Il ne s'agit pas que de la montagne, c'est surtout ce vide entre les deux massifs...

— Quelle morgue, tout de même ! a éclaté Paulus. Le Rien. Le vide. Quelle prétention ! C'est insultant. La plupart de ces gens veulent *quelque chose*, figure-toi. Tu as dû en vouloir, des choses, dans ta vie ? Un emploi, un amour, un toit. C'est vital, de vouloir ! Cette façon que tu as de balancer ton vide à la figure des gens...

— Mais toi, toi, Paulus, tu vois bien ce que je défends ?

— Peu importe mon avis, je te parle d'eux.

— Tu es donc un peu de leur avis.

— Je ne peux pas ne pas au moins les comprendre, avoir de l'empathie.

— L'empathie ? C'est par empathie que tu cours après un projet, peu importe lequel ? Toi aussi, alors, tu rêves d'attirer des cars de touristes ? Au fond, personne ne sait quoi en faire, de ce terrain, il n'y a aucune réelle urgence, mais par trouille de les contrarier, tu répètes ce qu'ils disent. Les mandats t'ont raboté la cervelle.

Je me suis levée, le drap serré autour de moi, et je suis restée là, raide dans ma colère triste. Je n'avais pas parlé autant depuis longtemps, et déjà ça tournait vinaigre. Paulus se tenait dans sa colère à lui, tout près et très loin.

Un long moment à ne pas trouver quoi faire à part fixer la fenêtre opposée à celle que lui fixait. Enfin, sa main a frôlé ma hanche, sa voix très basse a vibré dans la pièce :

— Léonore. Je me demande ce que tu cherches. Je ne sais pas grand-chose de toi. Tu as des enfants ?

— Une fille. Violette.

— Moi, un garçon. Damien. Tu as dû déjà le voir, il conduit l'autocar, en semaine.

— Un garçon roux ?

— C'est ça.

— Ah oui, il est sympa.

— Il me déteste. Sa mère est partie, à cause de moi, paraît-il. Pas assez présent, pas assez gentil, pas assez de tout. Le fils m'en veut et ne me parle plus, mais il vit ici, au village, à trois cents mètres de chez moi, et il refuse d'être affecté à une autre ligne de car. C'est bizarre, non ? Sa mère vit dans le Var, il va la voir de temps en temps, et puis il rentre. Parfois, forcément, on se croise, alors il me lâche un regard, comme un vieux voisin fâché.

— Bah. C'est sa façon de tenir à toi. Il veut savoir où tu es, comment tu vas.

— Tu crois ? Toi, tu t'entends bien avec ta fille ?

— Je crois, oui. J'espère. On se parle, on se voit, mais je ne suis pas sûre de comprendre qui elle est. De formation, elle est historienne de l'art. J'ai été si fière de ça. J'ai pensé qu'elle en vivrait. Ce serait compliqué, mal payé, mais noble. En fait, pas du tout, elle gagne des fortunes en vendant des concepts abscons à des marques de luxe. Ça ne m'emballe pas, mais bon. Si je pose certaines questions, elle va deviner que je désapprouve. J'ose pas.

— Pourquoi tu ne la fais pas venir quelques jours ?

— Ce n'est pas un endroit pour elle, elle va s'ennuyer.

— Tu pourrais lui montrer le Rien ?

— J'ai peur qu'elle ne le voie pas.

9

Mi-mai, j'ai passé quelques jours à Paris pour signer l'achat du Lovely. La capitale était en effervescence : elle accueillait le Concours international de la déclaration d'amour. De nombreuses délégations officielles étaient attendues. Chanteurs, danseurs, circassiens, performeurs, poètes et ambassadeurs de tous pays reçus en grande pompe, y compris ceux à qui Paris vendait des armes pour des guerres qu'on déplorerait ensuite, ou ceux à qui Paris achetait divers produits toxiques provoquant des pathologies qu'on déplorerait ensuite, y compris les pays qu'on jugeait dirigés par des tyrans aux façons déplorables mais qui possédaient des hôtels particuliers sur les plus luxueuses avenues de la capitale, qu'ils feraient semblant de découvrir, en passant.

Toutes ces déclarations d'amour réjouiraient la foule qui envahirait les rues plusieurs jours durant. « Ça soutient le commerce », disait-on. « Ça distrait », disait-on encore. Un déploiement de policiers, gendarmes et militaires surveillait l'installation des écrans géants, scènes surélevées, voies piétonnes sonorisées, barges flottantes sur la Seine, son eau teinte en rose. Du Champ-de-Mars au parc André-Citroën, du Luxembourg aux Buttes-Chaumont, on vissait, on clouait, on affichait les slogans de la fête de l'amour. On distribuait aussi les consignes de sécurité, des masques, des kits désinfectants, des numéros d'urgence, des préservatifs, des recommandations en cas d'attaque terroriste, de mouvement de foule, de pollution toxique.

La fête, vous dis-je.

J'avais rendez-vous avec Marlone chez son notaire, près du parc Monceau. Je l'ai trouvé somnolent dans le canapé d'une majestueuse salle d'attente, englouti par ses lunettes fumées et son manteau en varan, derrière une gigantesque table basse couverte de publications sur la gestion de fortune.

Au téléphone, j'avais proposé beaucoup moins que ce que son avocat demandait, mais comme je pouvais payer par virement immédiat, sans emprunt, il avait accepté.

Marlone a ouvert les yeux, m'a longuement étreinte contre son décolleté poudré. Puis il a minaudé :

— C'est en dollars, on est d'accord ?

— En dollars ? Non, pourquoi ?

— Chais pas, ça sonne toujours mieux en dollars... déjà que je la brade.

— Tu sais, Marlone, il y a eu une tempête, la maison a beaucoup souffert... Je sais que tu ne veux rien voir, mais j'ai des photos. Les assurances peuvent t'obliger à la détruire pour limiter les risques, c'est une bâtisse menaçant ruine.

— *Menaçant ruine !* À ce point ? Mais personne ne passe jamais là-bas...

— Ah si, ah si ! Il y a souvent des curieux.

— Et la pergola, elle est abîmée aussi, la pergola ?

— Très abîmée, la pergola et un peu tout. Il n'y a que le bunker qui n'a pas bougé.

— Ah ! Je ne veux rien récupérer, tu sais, *never more, nothing*, rien ! Tout m'est souvenir, tout m'est douloureux... Mais toi, qu'est-ce que tu vas bien pouvoir foutre là-bas ? Tu vas reconstruire ?

— Non. Le moins possible.

— Le moins possible ? Tu es drôle. Combien tu as dit, déjà ? Cash, hein ? Je ne te cache pas que ça me sauve, un peu de liquidités.

— Tu viendras me voir, un jour, là-bas ?

— Bien sûr que non !

Le soir de la signature, j'ai dîné avec Christine, mon ancienne collègue. Elle m'a remis un sac en plastique contenant un vieux pull, un mug Mont-Saint-Michel, des agendas hirsutes de Post-it, un tapis de souris... Comme je restais stupide au-dessus du sac, elle s'est exclamée :

— Bah, le reste de tes affaires de bureau ! J'allais pas les balancer, t'es pas contente ?

Ça me revenait. Brimborions de papier et tissu, surgis d'un avant-hier déjà froid. J'avais pensé décrire Les Huies à Christine, mais elle voulait encore et encore le récit de ma rencontre avec Marlone à Trouville, en boîte de nuit.

— Je n'en reviens pas, répétait-elle. Ce que j'aurais aimé voir ça !

Je n'osais pas lui dire que je sortais de chez le notaire, ni pourquoi. J'ai raconté encore Trouville. Christine à son tour a parlé de l'entreprise, de son nouvel emploi au service Formation :

— De tous les postes que j'ai eus, pfff, c'est pas celui-là que je regretterai ! Ma claque ! Enfin, bientôt la quille.

— Toi qui es toujours si positive...

— Je vieillis, faut croire.

— Tu regretteras lequel, de tes boulots ?

— Mmm... les cours d'anglais aux gamins, oui, ça, c'était bien. J'aimais bien. C'est loin. Et toi ?

— Moi ? Oh là là. Peut-être écrire des chansons.

— T'as écrit des chansons, toi ? Pour qui ?

— Pour qui en voudrait, mais personne n'en a jamais voulu à part une Miss Aquitaine, qui a fait un bide. Moi, je ne sais pas chanter... Peu importe : 97 % des gens ne savent pas qui a composé leur chanson préférée.

— Ce que je n'ai jamais compris, a demandé Christine, c'est pourquoi tu as lâché ton cabinet d'orthophoniste. C'est un vrai boulot, ça, utile. Qu'est-ce qui t'a... ?

J'ai fouillé ma mémoire.

— Je ne sais plus exactement, ai-je avoué. C'était bien, oui, c'était pas mal, enfin je crois. C'était parfois un peu désespéré. Il y avait ce gosse, atteint de dysarthrie. C'est neurologique, ça fait la langue molle, le muscle répond mal. Il avalait de travers, peinait à parler... Pauvre gosse, mal parti. On travaillait les *ch* et les *sss*. Il avait des exercices à faire chaque soir, sa mère était investie, tout ça était douloureux, j'avais presque honte. Un matin, rayonnante, elle demande au gamin de réciter ce qu'il a préparé. Moi, émue d'avance, prête à entendre un petit poème, une chanson, au pire une contrepèterie ? Et lui de me débiter, presque parfaitement : « Le Loto, cent pour cent des gagnants ont tenté leur chance. »

— ...

— Peut-être qu'aujourd'hui je prendrais ça mieux.

*

Avant de quitter Paris, j'ai voulu revoir la Cour carrée du Louvre. Ses proportions vastes et pourtant protectrices, la fontaine à contourner par la gauche ou par la droite - j'hésitais toujours -, les perspectives symétriques de ce quadrilatère quasiment vide. La paix contenue comme une eau par les façades, les caryatides, les reflets dans les hautes vitres. Assise sur la margelle de la fontaine, je me repassais les derniers baisers arrachés à Violette, ses mots et ses moues.

Je l'avais retrouvée la veille, place du Maréchal-Juin. J'étais venue en avance pour la voir arriver, la regarder traverser la place comme elle aurait traversé son salon, altière et détendue, d'une foulée rapide sans effort - je le souligne d'autant qu'elle ne tient pas ça de moi. Vêtue avec une élégance recherchée, des audaces de couleur ou de coupe que je n'aurais aimées sur personne d'autre. Se montrer sûre d'elle face au monde était son truc pour le devenir.

Violette m'avait souri et embrassée, puis avait vérifié d'un regard-scanner ce qu'elle avait déjà évalué en venant vers moi : comment va la mère ? A-t-elle grossi, maigri, vieilli, à quel point ? Cache-t-elle des soucis ou au contraire des facéties ?

J'avais fait pareil avec mon père. Avec le temps, les enfants, longtemps inspectés par leurs parents, les inspectent à leur tour. Faut-il s'inquiéter ? Intervenir ? Aider ?

Ça va, la mère semble aller bien, pas de détresse physique ou psychologique, ça viendra.

Est venu alors notre rituel : la validation ou la condamnation de ma tenue, en peu de mots. Je guettais la formule du jour, félicitations ou injonction à corriger le tir, j'étais capable de porter certaines boucles d'oreilles dans le seul but de provoquer son verdict outré, dont je m'amusais d'avance. C'était un jeu codé auquel je tenais. J'imaginais que Violette me disait ainsi : je te vois. Je te regarde. Toi qui m'as appris les règles, qui as été le premier œil sur moi et le premier modèle pour mon œil, ta dégaine m'importe encore. Même si tu vieillis, débrouille-toi pour rester fidèle à ce que tu étais dans mon enfance, sois encore ma mère pour que je sois encore ta fille. Ne te laisse pas aller, ne renonce pas, parce que ça me ferait mal, parce que je t'aime.

C'est ça qu'elle me disait, Violette, j'espérais que ce soit ça, ça ne pouvait être que ça, n'est-ce pas ? Ce demi-sourire narquois pour demander : Tu le mets souvent, ce pull ?

Quand je serai vraiment trop âgée pour lutter, quand ce sera fichu, elle s'abstiendra. Tant qu'elle me houspille, c'est que ça va.

J'ai tendu à Violette un sachet de roulés pistache, elle les a chipés dans un geste d'enfant gourmande, les a enfouis dans son sac chic.

Pendant notre déjeuner, j'avais tenté quelques questions :

— Je me demandais, avec tous ces voyages : tu trouves encore le temps de voir des expos ?

— Bien sûr ! Hier encore, j'étais à Orsay avec la présidente d'un fonds de pension suisse…

— Non, je voulais dire : seule, une expo pour toi seule. Tu te souviens, quand je t'emmenais ? Tu passais tellement de temps devant un tableau, immobile, plongée ! Ça m'angoissait un peu. J'avançais dans l'exposition et, quand je revenais, tu étais toujours devant la même toile.

— Je m'en souviens très bien. Je m'absorbais dans un tableau, sa texture, son épaisseur, et ensuite j'avais peur d'en sortir et de retrouver la tête des gens. Les vraies gens, les dames en groupe, les conférenciers, les gardiens, je les trouvais décevants, si fades et muets… Même un beau jeune homme tombé là, je l'aurais trouvé raté, commun. N'importe quel visage peint, n'importe quel fade portrait officiel valait mieux que les vivants.

— Et aujourd'hui ?

— Ça m'a quittée. Un jour, j'ai trouvé les vivants moins moches. Je m'en tiens à ce qu'on est. C'est un renoncement, mais ça simplifie les choses. Bon, j'ai toujours la trouille de retomber sur certaines toiles, un Otto Dix, un James Ensor, tous les Vélasquez. Un Gainsborough. Je sais où ils sont, je les évite. Je les ai en tête, bien sûr, mais revoir leur grain, leur lumière… j'ai la trouille.

— Je pourrais t'accompagner quelque part, si tu veux.

— Tu n'es jamais retournée au musée du Havre ? C'était bien, les vacances là-bas. Granville, Honfleur, tout ça…

— C'est vrai, tu en as un bon souvenir ? À l'époque, je pensais que ça te rasait. Justement, j'ai passé un week-end près de Trouville, en février. Mon cadeau de départ en préretraite.

— Comment ça, en *préretraite* ?

Violette écarquillait les yeux, et moi je repensais à nos lointains étés merveilleux, vers Saint-Jean-le-Thomas ou Jullouville, quand nous choisissions le Sud, vers Genneville, Berville ou Sainte-Adresse, quand on optait pour le Nord. La Manche en tout cas, grise et mauve, et Violette jouant sur l'herbu, scrutant la brume pour y distinguer le mont Saint-Michel, ramassant des coquillages, cou pâle et joues roses. Ses cheveux clairs légèrement cendrés, son port naturel, menton haut, épaules droites, héroïne préraphaélite, ma Violette en bottes de caoutchouc tenant sa poupée face au vent, déterminée, mais à quoi ? Déjà elle fabriquait son mystère et m'intimidait un peu.

Images sacrées, icônes secrètes.

Pas un instant je n'avais songé y retourner.

Je préférais ne pas revoir ces barrières vermoulues dont elle aimait soulever le loquet un peu haut pour elle à l'époque, ni les sous-bois de la vallée du Lude, ni les cabanes Vauban des chemins douaniers : en moi, ils étaient intacts. Mais si désormais ces endroits faisaient l'objet d'un « parcours interactif de valorisation de l'espace naturel » ?

*

J'ai regagné Les Huies en Twingo mauve pailletée, achetée en une heure dans un dépôt d'occasions. Sans radio ni climatisation mais produisant un joyeux ronronnement qui m'exhortait à la bonne humeur : allons, j'avais acheté le Lovely ! C'était fait. J'avais signé, vidé mon compte du Chiffre Étrange pour une vaste prairie avec vue sur le vide. Je retournais m'y amarrer.

Comble de félicité : dans quelques jours, ce serait juin.

Juin !

Autrefois, j'attendais ce mois dès la fin d'octobre. Juin : les jours s'élargissant, l'explosion lente du solstice. La gloire des soirs interminables, l'invitation insistante des nuits tièdes. Une ode à la peau, à la confiance, à l'instant. La promesse, non, la garantie d'un supplément de vie. Rab de tout, tournée générale ! Terrasses, causeries, robes à bretelles, musique à la belle étoile, longues marches lentes sous les arbres. Engouements, audaces, enlacements. La plasticité des jours. Un mois entier le cœur gros d'espoirs confus, dès l'aube et plus encore le soir, quand le crépuscule dilate l'horizon. À compter de fin avril, j'étais fébrile ; en mai, juin était si près que j'en avais mal, car entrer en juin c'était le voir filer sans pouvoir le retenir ; savourer était impossible, ou alors par inadvertance. Fête intranquille.

Ce n'était pas normal, un seul mois de l'année ne pouvait pas prendre autant de place, je m'étais donc entraînée à moins attendre. Penser à autre chose, investir dans novembre, avril, août. Avec les années, le subterfuge avait marché. Je guettais moins juin, j'y entrais sans m'appesantir.

Voilà que soudain j'avais de nouveau le temps de voir venir le mois magique, il s'offrait comme autrefois, je n'avais qu'à ouvrir les bras, pleine d'espoir et d'impatience.

Ouvrons les bras, alors.

Mais sur quoi les refermer ?

J'avais acheté le terrain. Bon. Ensuite ?

Soyons raisonnable. Je m'étais assez fait remarquer. Question espoir, mieux valait désormais s'en tenir à du modeste : qu'une plante semée fleurisse, que la fleur tienne quelques jours.

Profil bas.

Arrivée au village, je me suis garée devant l'église, j'ai ouvert la portière, inspiré un grand coup. Je reconnaissais cet air, son odeur et sa texture, j'en étais devenue l'intime. La cloche a sonné trois coups, leurs vibrations déployées dans la chaleur. Le printemps s'était figé en été, la lumière puissante faisait trémuler le minéral, le végétal et l'animal, chacun sa palpitation. La montagne flottait dans un bleu poussiéreux, paisiblement indifférente, idéale.

De retour ! Rentrée à bon port, garée. Je me suis dégourdi les jambes sur la place, nez au soleil, humant la lumière.

Les portes de l'église étaient ouvertes sur l'ombre fraîche. Entre les premiers bancs, juste en bordure du carré que le soleil dessinait au sol, la petite Zoé jouait avec une poupée, lui chantait une chanson mélodieuse aux paroles incomplètes, émiettées.

— Bonjour Zoé !

— 'jour madame.

— Tu te souviens, on s'est vues sur le chemin des Pluies, près de la maison bizarre ? Quel âge as-tu ?

— Six ans et demi.

Je lui ai souri mais rien ne m'est venu, pas un mot, souffle coupé. La joie retombée, les mains pendantes.

Sa présence rouvrait d'un coup le gouffre du temps. J'observais la frêle et puissante Zoé jouer parmi ses rêves, dont elle ne doutait pas. Du gouffre surgissaient Violette, ses six ans à elle et puis les miens.

Moi aussi, j'avais eu six ans.

Six ans *et demi*, même !

Une demi-année est alors une fabuleuse éternité. Six ans et demi, à peine vingt kilos de nerfs et de muscles, des ligaments neufs pour bondir, sauter, grimper, chantonner tout le jour. Le geste animal, entier. Les capacités de perception : intactes. L'âge de l'apesanteur et de l'ennui si précieux, qui fait du prochain Noël un horizon hors de portée. L'élan, la foi en tous les possibles : un caillou gris est une planète ; une courte crique, une anse aux trésors ; un pain chaud fourré de chocolat, une aventure des sens.

Et cette radicalité, cette franchise pour nommer les choses ! Pour dire que la maîtresse est laide, si elle l'est.

Les années passent, emplies de ce qu'on appelle des victoires ou des échecs. On apprend à ne plus nommer les choses simplement, on apprend à les compliquer. On grandit, on ne compte plus les demi-années, on s'affaire. Le temps passe, parfois vide, parfois débordant. Tout à coup, le pauvre mince truc qu'on a tout juste mené à bien se révèle avoir été le point culminant de notre existence. C'est passé, c'est fini, le gros de l'affaire est derrière, il faudra finir le chemin avec cette horrible information.

Zoé me parlait, répétait quelque chose :

— T'as vu ma poupée ?

— Fais voir un peu... Quelle magnifique poupée !

Chaude et palpitante, Zoé me terrifiait. Comme ces films de famille sur lesquels on découvre un de nos morts encore vivant, qui parle et bouge sur l'écran, qui s'agite du fin fond de sa vie terminée.

À rester plantée à la fixer, c'est moi qui allais lui faire peur.

— Comment s'appelle ta poupée ?

— Je sais pas. Elle a pas de nom.

Zoé avait une voix grave, inattendue pour son âge.

— Bon, tu trouveras. Je t'ai entendue chanter... Tu chantes bien !

— Je préfère dessiner. Je sais bien dessiner, la maîtresse l'a dit, et maman aussi. Et toi ?

— Moi quoi ?

— Tu préfères quoi, toi ?

Bonne question.

Pas dessiner, je ne sais pas tenir un crayon. Chanter non plus, hélas. Je ne sais pas plus retenir un paysage, ni faire des boutures. Jouer, je ne suis pas sûre de savoir encore.

J'avais aimé lire, terriblement, certains textes m'avaient tordu le cœur, comme écrits pour moi seule, chuchotés à mon âme depuis des temps plus ou moins anciens. J'aurais voulu me coucher entre les lignes, sous les paragraphes. J'avais si intimement compté sur certains textes, persuadée d'être *la* destinataire de tel roman russe ou tels Mémoires français ! Comme Violette et ses tableaux tant aimés, je n'osais plus ouvrir certains livres de peur de les découvrir muets, vidés, inopérants. J'en achetais encore, j'en ouvrais certains, je lisais ceux que je savais décevants, mais les autres, les importants, je n'osais plus. Plus pour le moment. Ça reviendrait. D'abord, peut-être, épuiser le paysage, me caler profondément ici avant de retourner aux livres.

La poésie, oui, la poésie restait possible. Pas celle des recueils : celle des guides d'espèces botaniques, celle des fiches rando et leurs descriptifs topographiques, des catalogues d'outils de jardin. Elle se trouvait partout, je m'y fiais encore.

J'aurais pu dire à Zoé qu'à son âge, ce que j'aimais par-dessus tout, c'était fouiller le bord d'une plage pour ramasser des coquillages, le bruit du ressac dans les oreilles, la mousse d'écume sur les pieds. J'y mettais toute mon attention, tout mon plaisir. Je m'en souvenais encore, j'y étais encore, il me suffisait d'y repenser.

J'ai cherché un équivalent local :

— J'aime bien me promener, surtout par ici. Par exemple, aller aux Blêts à pied, par la forêt.

— C'est loin ! Maman, elle y va en voiture.

— Pas si loin. Je suis sûre que tu y arriverais, et plus vite que moi ! J'en ai un peu bavé la première fois, quand même.

— Pourquoi, parce que t'es vieille ? Tu vas mourir ?

Mon cœur a sauté.

— Mais non ! C'est seulement que je n'ai plus ton énergie de petite fille.

Je l'avais presque engueulée, ça résonnait dans les travées.

— Ah, répondit Zoé, haussant les épaules, l'air de dire : ce n'est que ça.

Pourquoi avais-je crié ? Bien sûr que je vais mourir. Dans quoi, vingt ans ? Trente ?

Trente ans encore à vivre, c'est peut-être même trop.

Laissant Zoé à son jeu, je suis sortie de l'église pour retourner à la lumière, à l'enveloppe sonore du village, je m'y suis enfoncée. Où étaient-ils, tous ?

J'ai pris la ruelle desservant les fermes, jusqu'au bassin. Agenouillée, j'ai trempé mes coudes dans l'eau froide. Des mouches, des guêpes, des fourmis volantes et quelques taons vibrionnaient autour de mes tempes : avait-on retrouvé une serveuse au Balcon ? M'en voulait-on encore pour le terrain ? Où en étais-je avec Paulus ? Est-ce que c'était une histoire grave ?

Qu'est-ce que j'aimais faire ?

Combien d'années encore à vivre ?

Pour quoi faire ?

10

Pour donner une chance aux réponses d'émerger spontanément, comme le jus d'un fruit, tenter l'immanence. Réduire ma présence au monde, la concentrer en quelques gestes utiles, appliqués et répétés, répétés et approfondis jusqu'à dissoudre la moindre énigme, absorber les troubles, doutes et flottements.

Objectif, délai, résultat, avant-après.

Tondre, désherber, remplir les formulaires Cerfa d'une demande de permis de démolir, déposer le dossier dans la bannette du maire sur le comptoir d'accueil de la mairie. Planter, tailler, marcher, démarcher des démolisseurs, des artisans, acheter des plants, des outils, les tenir en main, les nommer, les essayer, les nettoyer.

M'avancer face au ciel et me laisser aspirer, ventousée au thorax, soulevée légèrement, épousant la rotation de la planète, la vitesse du vent, la course du soleil.

Retourner à la mairie, déposer le document manquant.

Marcher plus vite, en butant moins sur les cailloux.

Apprendre à ne pas forcément parler, ou peu, ou sans mots. Comme lorsque j'allais chercher du pain aux Blêts et coupais par la forêt, m'astreignant à descendre la combe au plus droit sans glisser, enjambant à grands ahans les troncs couchés ou les résurgences boueuses, et que Damien, le fils de Paulus, jaillissait du sol où il s'était enfoui. Ne pas sursauter ni crier de peur : il n'était pas enfoui mais simplement baissé, et ne jaillissait pas plus devant moi que moi devant lui.

La première fois, j'ai braillé une kyrielle de questions, d'exclamations, vite vite, ouvrir la conversation - le fils de Paulus, bon sang ! Il s'est contenté d'un coup de menton pour tout salut et toute réponse, soulevant un peu, pour me le montrer, son panier plein de choses indiscernables.

La deuxième fois, il pleuvait, j'ai été moins surprise et j'ai simplement hoché la tête, Damien a brandi le même panier qui semblait vide : la lumière passait par les trous du tressage.

La troisième fois, il a eu un sourire furtif et s'est approché pour me coller dans les mains un bouquet de muguet sans fleurs qui sentait affreusement l'ail. Confuse, j'ai remercié, bredouillé :

— Oh, du muguet.

Mais il a grondé, de la même voix grave que son père :

— Ail des ours ! À piler. Pour les pâtes, ou les soupes.

J'ai hoché la tête, répétant « ail des ours » sans oser demander quels ours, où ça des ours ? J'ai relacé mes chaussures. Il est retourné à sa cueillette. Chacun occupé à son fouissement mais en passe de devenir des compagnons, pour ainsi dire collègues de sous-bois, confrères de craquements, d'éboulis minuscules et de volettements.

Le père de Léon m'a cédé une vieille tondeuse à essence, autotractée. J'ai tondu-dessiné une large bordure verticale de chaque côté du terrain, puis une diagonale entre maison et cabane. Chemin de verdure, corridor de plein vent. Partout ailleurs sur le terrain, la prairie à son plus haut vibrait comme une plaque de métal chauffé, coiffée d'un nuage mouvant fait de moucherons bombillant, de papillons dérivant, de bourdons et d'une autre chose encore : l'énergie projetée par la croissance végétale, la fécondation animale, le vouloir-vivre.

Même le nez baissé sur un outil, concentrée sur mon geste, je percevais le souffle de la prairie et, au-delà, l'immensité entourant mon agitation minuscule. Moi en juin, une fois encore, et autour, pour toujours, la rosée le vent la poussée de la plaque adriatique les nues le passage du solstice le galop de la végétation les corps du cimetière incorporant l'humus. Les grandes forces qui poussent une saison depuis son début vers sa fin. L'après-midi touchait au soir, ou le vent tombait, ou j'étais tout à fait seule sur un chemin : mon sternum soudain se gonflait d'une onde irrépressible, un profond soupir heureux et douloureux.

Le parti pris n'est pas le contraire de l'infini, c'est un de ses chemins d'accès. Choisir un recoin, même banal, même étroit, en explorer les moindres reliefs, variations de lumière, composants minéraux végétaux animaux, les présences auras humeurs, fumées brumes et lueurs. Fouiller ce recoin pour l'approfondir, l'élargir, et de détail en détail rejoindre l'infini.

Madame Saintioz s'est présentée un matin au bas de la pente, de son pas lent et régulier, aidée d'un bâton. Occupée à vider la cabane pour la briquer, j'ai tout posé pour l'accueillir, suivre son regard. Elle était montée jusqu'au milieu du terrain par un des côtés tondus, j'espérais vaguement être félicitée pour cette initiative. Ignorant la maison et ses accessoires, elle fixait les touffes de la prairie bordélique, je devinais sa désapprobation devant ces mauvaises herbes géantes, j'allais m'en excuser mais elle a dit :

— Alors il est à vous, ce terrain, à ce qu'on dit ? C'est une belle surface, dites-moi, ça va vous en faire du souci !

— Oui, c'est grand, mais je compte le laisser ouvert à tous, me suis-je dépêchée de dire. Je pourrais le prêter pour des fêtes, ou des concerts... Ce serait bien pour le village, non ?

— Oh mais on en a, des fêtes et des concerts ! Ça se donne dans le parc de la mairie, ou au champ du col. L'année dernière, pour le 15 août, on a eu cette chanteuse, là, la rousse, celle qui a gagné le concours de la télé. Un très beau concert.

— Ah oui ?

— Un potager, voilà ce qui serait bien. Elle est bien exposée, cette terre, il faut la jardiner.

— Oui, pourquoi pas, ai-je marmonné. Pour le moment, c'est un vrai terrain vague, ai-je pouffé. Quand la maison sera démolie, je vais tondre partout, et je sèmerai de jolies choses.

Elle a laissé un temps avant de noter :

— Il y en a déjà, là-dedans, des jolies choses. Vous n'avez pas vu d'orchidée sauvage ? C'est l'époque !

— Si ! J'en ai vu. Une au moins, là-haut, vers les sapins. Ça m'a étonnée.

— Bien sûr qu'il y a des orchidées, murmurait madame Saintioz comme pour elle-même. Et la digitale… elle est jolie, la digitale, mais un peu toxique. Tiens, ça, c'est du fenouil, faut pas l'ôter, les chenilles de papillons y goûtent. Ça va bientôt fleurir.

Aucune idée de ce qui était digitale et ce qui était fenouil dans ce foisonnement confus qu'elle désignait.

La vibration de l'herbe se faufilait entre nos jambes, et le bourdonnement ténu, et l'ondoiement de l'air, une version végétale du mirage. Madame Saintioz a promené son bâton sous les tiges, les orties :

— Ça s'active, là-dessous… ça pond, ça niche, ça rampe… ça doit grouiller de mulots !

— Ah ? Vous en voyez ?

— Moi, non ! Mais eux, oui !

Son bâton a désigné le ciel. Deux, non, trois, non, cinq rapaces tournaient au-dessus de nous. Deux très haut, en cercles avec de rapides décrochements d'altitude, les autres plus bas.

— Tout là-haut, c'est un couple d'aigles. Les autres, des buses, des milans peut-être. Il y a aussi des jeunes faucons, ils sont toute une nichée sur le toit de l'église. Vous ne les entendez pas, à la cure ? Ils font pourtant du bruit, on dirait une famille d'Italiens !

Des faucons, à ajouter à la liste de ce que je n'entendais pas.

— Qu'est-ce que vous comptez semer ? a-t-elle demandé à brûle-pourpoint.

— Des... des fleurs ?

Elle a levé les sourcils. Ses lèvres ont émis un petit bruit, consternation ou commisération. Une sauterelle a jailli devant nous, replongé plus loin, retournée dans la pulsation herbeuse.

La cabane a été équipée d'une vraie fenêtre, d'un petit poêle, d'un évier, augmentée d'une courte terrasse latérale et d'un auvent de bois. Le toit consolidé, isolé. Un bon lit et une table bancale, trois tabourets désassortis, quelques étagères, après quoi il ne restait guère de place. Bungalow, mini-isba, maisonnette, j'y étais mieux qu'à la cure, j'y passais la nuit le plus souvent possible.

Parfois, Paulus me rejoignait ; il grognait qu'on dormait mal, qu'il n'y avait pas d'air. Parfois, je m'endormais seule, comme le jour où il avait signé mon permis de démolir. La secrétaire de mairie ayant souligné, nez pincé, le délai particulièrement bref dont je bénéficiais, Paulus avait répondu n'avoir aucune raison de faire traîner. Elle avait pourtant touché juste. Il n'avait pas signé de gaieté de cœur et me le faisait savoir. Signer lui avait simplement permis de sortir du hiatus dans lequel il se sentait noué. Pour faire bonne mesure, il avait boudé quelques jours.

Si j'étais seule à dormir à la cabane, je mettais le réveil pour ne pas louper la montée du jour, je suivais l'événement allongée dans l'herbe haute, enroulée dans un gros duvet rapidement brillant de rosée.

Les nuits de juin peinaient à masquer pour quelques heures le jour têtu, tapi non loin comme un ressort comprimé, prêt à remonter à l'assaut des cimes au moindre pépiement d'oiseau.

D'abord, un début de lueur se mêlait à l'air, en faisait une texture plus lâche sans couleur certaine. Puis une ligne vive, à base de jaune, commençait par galoper sur un bord du ciel, d'où elle coulait vers la terre pour redresser, repositionner les grandes masses et les volumes : haut/bas, montagne/plaine, rochers/maisons. À ce stade, le ciel n'était encore qu'un soulèvement et la terre un énorme caillou muet. La lumière se renforçait, jaunissait davantage, devenait horizon, le reste du monde émergeait du gris-bleu en quelques minutes. Le jaune ricochait sous la roche, léchait le sommet du massif et redessinait la ligne des crêtes, soudain nette comme un croquis frais, l'infini en arrière-plan.

Les sapins bleus étaient d'abord d'émeraude.

Les oiseaux célébraient le jour, chant de joie mêlé d'alerte, qui-vive allègre. Certains matins le *kiiii kiiii krrrriiii* impératif des faucons crécerelles, que j'avais enfin repérés, éteignait tout autre chant.

Enfin, le plein jour basculait par une encoche de la montagne, se déversait et inondait les vallons, un par un jusque sous chaque feuille et chaque aiguille, injectait le rouge et le rose, et allumait, pour finir, la vasque vide d'entre les monts. Dans la vasque, des effilochées de buée bleutée tournoyaient dans un fond jaune pailleté, gris et blanc, et fabriquaient l'aube.

Je buvais le moment ; je ruminais, aussi.

Combien de maisons ce terrain aurait-il pu contenir ? Cinq ? Six ? Huit petites ? En réduisant les jardins ? Je savais que les jeunes couples avaient de plus en plus de mal à se loger. En 1973, 34 % d'entre eux étaient propriétaires, deux générations plus tard ils n'étaient que 16 %. Les prix avaient doublé, même aux Huies, quand encore on trouvait une maison en vente. Les parents ne se décidaient plus à mourir, les maisons ne se libéraient pas, ça poussait derrière, les jeunes devenaient vieux avant d'avoir hérité. Alors on louait, on s'entassait, on y mettait jusqu'à une petite moitié de salaire. On maudissait à bas bruit les enfants de paysans : eux avaient pu vendre un champ aux promoteurs ! À prix d'or ! Ils étaient dotés, pourvus. Les agriculteurs ne pouvaient pas croire qu'on les enviait soudain à ce point, alors même qu'ils se mouraient.

Construire, construire ! Bâtir. Les mots sifflaient à mes oreilles. Mais Paulus l'avait dit : la commune n'avait pas les moyens d'aménager ce bout du monde, il aurait fallu des travaux de voirie inabordables, alors quoi ?

Sur les sommets, la neige se réduisait à quelques signes blancs dans les replis d'ombre. Le névé en forme de M n'avait plus qu'une jambe.

C'était bien beau d'acheter un baquet de vide entre deux montagnes, encore fallait-il ne pas s'y laisser dériver jusqu'à devenir tout à fait folle.

Qui, moi ? Moi, j'ai dit que je pouvais m'en sortir mieux que les autres ?

*

Les types de l'entreprise de démolition sont arrivés un matin à huit heures. L'air était déjà brûlant et sec, épais, on le mâchait comme du foin. D'abord, ils ont aligné des conteneurs sur le bas du terrain et le chemin des Pluies. Puis ils ont bâché la maison et le sol autour, les ont tendus de plastique, de filets, de barrières, les ont apprêtés comme on embaume un mort.

Le lendemain, un bull et une chargeuse-pelleteuse sont entrés dans une danse lente, une pelle agrippant un pan de mur de ses dents, l'autre pelle le poussant nez baissé au bout de son bras articulé, leurs chenilles molles et lourdes tassant ce qui tombait dans un fracas mou.

Le troisième jour à huit heures du soir, il ne restait de la maison qu'un cadavre sec et plat, les gravats s'entassaient dans des conteneurs, des bennes fumantes de plâtre. Deux autres jours encore pour évacuer, tasser des brisures, remblayer la piscine, le bunker.

Chaque fin d'après-midi, des curieux venaient s'aligner, silencieux, bras croisés sur les barrières de sécurité. Ils avaient vu l'affichage en mairie et, au bas du terrain, le panneau de déclaration préalable de travaux :

Nature des travaux : démolition.
Surface des bâtiments à démolir : 420 m^2.
Date de l'affichage du permis en mairie.
Nom de la bénéficiaire.
Surface de plancher à construire : Néant.

Des camions-grues soulevaient les bennes, manœuvraient pour quitter la zone, faisant tinter les plaques de tôle disposées à terre, empoussiérant nos chaussures.

Je prenais des photos, prétexte pour observer les visages au zoom. Benoît, un air de dépit, une moue fataliste. Jules, narines frémissantes, suspicieuses. Mirton en chemise bleu ciel, attentif à toute opportunité d'échange, tamponnant sa sueur d'un mouchoir de tissu quand les autres laissaient rouler les gouttes de leur front jusqu'à leur torse.

Des Chillon, des Carrier-Mollion, des Saintioz, et d'autres. Entre eux, ils échangeaient quelques mots, mais à moi, ils n'en lâchaient pas un. Si je leur souriais, ils répondaient d'un bref rictus.

Seul Benoît s'est approché avec son sourire de pédagogue-confesseur, tête penchée :

— Ce n'était donc pas qu'une rumeur, c'est bien vous l'acheteur… Vous êtes venue ici pour ce terrain, n'est-ce pas, Léonore ? On peut bien se le dire, maintenant !

— Je vous assure que non. Je n'en savais rien en arrivant. Vraiment ! J'ai découvert l'endroit et il m'a plu.

— Mouais. Vous ne rebâtissez rien, alors ?

— Pas pour le moment.

— Ah, j'ai deviné ! Vous allez louer des emplacements pour des mobil-homes ou des *tiny houses*, ce genre de choses, mmhh ?

— Je vous promets qu'il n'y aura rien du tout.

— Mais comment ça, rien du tout ? s'est-il pincé.

Heureusement, de grands gamins sont venus vers moi.

— C'était à qui alors, ce truc ? À un acteur ? a demandé un jeune homme que je ne connaissais pas.

— C'était à un DJ, Marlone, ai-je expliqué.

— Qui ça ?

— Marlone ! Mais si, vous connaissez forcément, il a composé des tubes très dansants...

— Vas-y, donnez un titre ! a lancé un autre.

— *Erotic Mix*.

— Hein ? a fait un troisième en pouffant.

— *Dance for Love*, alors ?

— Peuh !

— C'est quoi ce truc !

— Genre, vas-y !

Les gars m'ont entourée, intrigués. D'un coup d'épaule sur une oreille, ils écartaient un de leurs écouteurs, cherchaient les titres en surfant sur leur smartphone.

— Un de ses titres a été utilisé pour une publicité, ai-je précisé. Les chaussures Vega, ça faisait : la-lalala-ouhh-ouhh !...

— Ça ? Ah ouais, je me souviens, j'étais tout petit ! Il est pas mort, le type ?

Les garçons se sont mis à siffler, à jeter des mots, « Erotic truc ! », « Love mix machin ! Hi ! », « Ouais ! Genre »...

— Il est comment, en vrai ?

— Magnifique ! Une panthère, un guépard soyeux, ai-je improvisé.

Le soleil basculait vers la Chartreuse. Le jaune, le vert et le mauve montaient des champs et des bois, lavis mouvant.

Les camions ont finalement, un soir, quitté les lieux, et les badauds se sont dispersés, sauf Paulus et moi. Soleil bas et voilé, silence, la poussière retombait. C'était fini. Respirer.

À cet instant, un vrombissement aigrelet s'est fait entendre. Un moustique géant aux sursauts verticaux est apparu : un drone, gris et chromé. Pilote invisible, caché quelque part sous les sapins. Une femme à longs cheveux, gros collier de bois et bottes à talons, a surgi de la pente, qu'elle grimpait à coups de chevilles tordues. Droit vers Paulus, elle s'est présentée main tendue :

— Evelyne Moreddo-Pitrache, médiatrice. Monsieur le maire, je vous cherchais.

— Bonjour madame, enchanté, Michel Paulus. Médiatrice, vous dites ?

— Exact ! Mandatée par l'association des pilotes de drones.

— Très bien. Permettez-moi de vous présenter la propriétaire des lieux, Léonore...

Le moustique métallique frôlait nos cheveux. J'ai tendu la main à mon tour. La médiatrice l'a à peine serrée, me toisant d'un sourire contraint :

— Nous ne souhaitons nullement ennuyer madame la propriétaire. Monsieur le maire, l'association a tenté de vous alerter, mais vous l'avez superbement ignorée. Ils font pourtant partie de vos administrés. Les drones sont pour ainsi dire comme nos enfants : fragiles, en perpétuel développement, ils sont notre avenir ! Je vous demande l'ouverture d'une médiation sur la mise en place d'un terrain dédié au téléguidage. Celui-ci aurait été idéal... Bon, le mal est fait. Il faudra en trouver un autre !

— Chère madame, plaidait Paulus, vous savez que mon mandat expire bientôt, mais je ferai mon possible dans l'intervalle pour...

J'ai aperçu Léon et Kevin sortir des sapins, s'approcher à pas de loup, mains dans le dos, mines de conspirateurs.

La médiatrice poursuivait :

— Faites voter une décision d'ici aux élections ! J'ai déjà sensibilisé monsieur Mirton, mais il préfère se préoccuper de Mars plutôt que répondre à nos besoins immédiats. J'en appelle aux pouvoirs que vous détenez encore. L'avenir est au drone civil : portage, sécurité, agriculture, urgences pharmaceutiques, photographie... la réalité est têtue, et les débouchés, nombreux !

Léon et Kevin ont soudain embouché des sarbacanes à air comprimé.

— Dans une vraie démocratie, chacun doit faire un pas vers l'autre et travailler à une solution gagnant- ga...

Le drone s'est disloqué dans un cri métallique, ses membres épars ont giclé en tous sens, son tronc s'est fiché dans le sol. La médiatrice a émis un son rauque et bref, stupéfaite. Paulus scrutait le ciel, moi je fixais l'herbe où les restes du moulin volant tourbillonnaient avec des zonzonnements stridents.

Léon et Kevin avaient disparu.

La médiatrice a sorti un mouchoir, épousseté lentement des giclures de métal et de plastique sur ses mains, sur les grosses boules de son collier. Un morceau de pale était pris dans ses cheveux.

— Je suis navré, madame, s'est désolé Paulus, ses belles mains ouvertes en signe de paix. Ce sont des gamins, ils ne pensent pas à mal...

Madame Moreddo-Pitrache a levé le menton :

— J'ai compris. Je ferai mon rapport à l'association. Après cela, ne vous étonnez pas de certains comportements peu civiques. Quand on refuse le dialogue... Au revoir, monsieur le maire !

Elle a redescendu le terrain à grands coups de talons, bras écartés pour l'équilibre. À mi-pente, le morceau d'hélice s'est détaché de ses cheveux.

La pente du Lovely s'enfonçait dans le soir tiède, une eau violette sans vagues. Plus personne alentour. Je me suis déshabillée pour me débarbouiller au robinet extérieur de la cabane, me rincer d'eau fraîche, c'était divinement bon. Paulus a surgi de la cabane :

— Et toi, tu fais tranquillement tes ablutions ! Tu crois que je n'ai pas vu ton œil rigoler quand les gamins ont sorti les sarbacanes ? C'est malin ! Tu peux protester contre les drones, ça oui, mais tu ne peux pas les détruire !

— Paulus, enfin quoi ! Depuis mon premier jour aux Huies, un de ces machins me tourne autour. Ils ont demandé l'autorisation ? Et les pilotes, et la médiatrice, ils m'ont demandé s'ils pouvaient entrer sur le terrain ? Les gamins ont arrangé ça tout seuls, je ne leur ai rien demandé.

Ma serviette de toilette s'est dénouée.

— Léonore ! Tu prends tout ça de si loin…, a soupiré Paulus en louchant sur mon pubis, sur ma poitrine.

— Elle m'a à peine saluée. Tu parles d'une médiatrice ! ai-je répliqué en redressant le torse.

— Elle se méfiait peut-être, et elle n'avait pas tort, a-t-il insisté, passant un index sur mes poils, me saisissant un sein, le cou, la taille tout à la fois.

— Elle est vexée parce qu'une pauvre bille de sarbacane suffit à casser leur jouet, ai-je rigolé tout en baissant son caleçon pour palper la raie de ses fesses.

— Pauvre médiatrice, a-t-il déploré en s'allongeant dans l'herbe sans me lâcher.

— Je ne suis pas très portée sur la médiation, ai-je reconnu en humant ses replis, ses dessous de bras, de genou, de bourses. Je ne trouve pas ça très sain, cette obsession de la négociation. Ça peut être une solution, bien sûr, mais d'abord il faut épuiser la colère, il faut purger le désaccord. À mon sens, la médiation idéale commence par une franche engueulade, voire une empoignade, une rouste à mains nues… Oh, je sais bien, c'est plus du tout la mode, ai-je déploré en m'installant à califourchon. Mais cette manie de se parler d'un petit ton mignard alors que chacun, au fond, veut régler son compte à l'autre ! Attends… Hi !… Et ce mantra hypocrite, le fameux « gagnant-gagnant »… hou !…

Paulus a grondé, j'ai perdu le fil, et nous nous sommes engloutis l'un dans l'autre, et ensemble dans tout autre chose.

Le clair de lune m'a réveillée aussi efficacement qu'une lampe torche. Il faisait encore tiède, l'air fraîchirait plus tard, à peine, juste avant la naissance d'un autre jour. Nous n'étions pas encore demain, pas tout à fait. Nous nous sommes levés. Nus, bras écartés dans la nuit, nous avons fait quelques pas sur l'herbe sèche, jaune de lune. Le terrain était enfin une esplanade immense, une piste d'envol au bout de laquelle je devinais la flaque, la réserve de possibles, l'énigme à résoudre, la dernière.

Paulus a soupiré, mais pour une fois il a regardé le vide, il l'a au moins cherché des yeux. Puis, presque en chuchotant, comme si le ciel nous écoutait :

— Léonore, plusieurs personnes m'ont demandé si on avait une histoire, toi et moi, et figure-toi que je ne sais pas quoi répondre. Moi, oui, j'ai une histoire avec toi. Mais toi, as-tu une histoire, toi, avec moi ?

— Bien sûr que j'ai une histoire avec toi ! Et comment ! Tu as une histoire avec moi et j'en ai une avec toi, mais ce ne sont pas forcément exactement les mêmes.

— Ah bon ?

— Mais oui. C'est toujours comme ça, non ? Du moment que chacun aime l'histoire dans laquelle il est. Moi je l'aime, mon histoire avec toi.

Il m'a fait des yeux ronds. Je me suis approchée, on se touchait de la hanche. Je nous voyais, nus sous la lune qui nous faisait beaux. Deux glaises dans un atelier déserté, deux esquisses travaillées au pouce et au couteau, dans la lueur d'une porte entrebâillée.

Nous sommes restés là un moment, à guetter le passage du temps ; nous tendions l'oreille à toute preuve de son roulement, au moindre glissement minéral ou craquement végétal, nous guettions, mais tout ce que nous percevions, c'était notre sang courant dans nos veines fragiles et des frissons sur nos nuques d'animaux fatigués.

11

Arracher les orties et les ronces sans abîmer le reste, tailler le bois mort en vérifiant qu'il soit bien mort, faire tremper les chignons de racines pour les démêler après dépotage.

Planter des rosiers rampants, pensant qu'il s'agit de grimpants. Planter des annuelles, pensant qu'il s'agit de vivaces. Ôter une à une les pierres d'un trou de plantation, pensant bien faire.

Madame Saintioz replaçait quelques pierres pour aérer la terre, rectifiait un tuteur, murmurait le nom d'une plante, à moi de comprendre laquelle.

Sortir la tondeuse autotractée. La remplir d'essence, vérifier l'huile, la batterie. Attendre huit heures trente les jours ouvrables, neuf heures les samedis. La démarrer, réglée sur un pas tranquille. Tondre lentement en suivant son ombre, les yeux plissés dans les éclaboussures de soleil. Tracer des bandes d'un vert plus vif, ne pas esquiver les branches basses des fruitiers, tondre le nez dans les feuilles, les sentir m'accrocher les cheveux, manœuvrer le demi-tour, compter les mésanges et les bergeronnettes s'affairant dans les brisures d'herbe.

Ne pas tout tondre. Laisser des îlots.

Céder du terrain, comme on dit.

Tailler les fleurs fanées. « Les fleurs fanées, pas plus, avait dit madame Saintioz. Pour les rosiers, cherchez le groupe de cinq feuilles le plus proche de la fleur, visez un petit centimètre au-dessus et coupez là. Ne touchez pas le reste, ce n'est pas le moment. »

Rabâcher des gestes comme on rabâche une promesse ou une prière. Arpenter le terrain, en assimiler les creux et bosses, et chaque feuille, fleur, racine et caillou. Les entendre parfois soupirer. Leur demander un peu de clémence.

Les regards sur moi restaient opaques. Les conversations s'arrêtaient à mon entrée au Balcon, c'est du moins l'impression que j'avais, souvent. Un matin, je découvrais une affichette clouée sur la porte de la cabane : « Ici devrait se trouver le jardin de nos défunts », avec une tête de mort dessinée à la cendre. Un autre jour, un drone me survolait et lâchait un sac de bouse fraîche à mes pieds. Une troisième fois, c'était un des innombrables Chillon au volant d'un large quatre-quatre qui me croisait dans un virage sans se déporter, m'obligeant à choisir entre la collision et le ravin. Les rétroviseurs ont cogné, sans casser. Chaque incident ne se produisait qu'une fois, et je mettais un point d'honneur à ne pas réagir.

Benoît s'est présenté un matin à la cabane avec un plein sac de livres sur les plantes. Je l'ai amplement remercié tandis qu'il m'expliquait par quel livre commencer pour respecter la progression pédagogique : celui-ci avait de nombreux schémas, celui-là expliquait la composition des sols… J'ai ouvert le *Guide illustré des fleurs de montagne*, l'ai feuilleté avec appétit. De ses pages montaient des refrains anciens, joyeux et inquiétants :

vulnéraire / queue-de-renard / barbe-de-bouc / hellébore noir,

chélidoine / pain-de-pourceau / épilobe / sorbier des oiseaux…

L'attention de Benoît m'a émue. Allons, oublions son phrasé sentencieux, ses coups d'œil empourprés sur la cabane, et ce que j'avais pris pour une aversion à mon endroit ; ces livres disaient son soutien, son amitié.

Les livres sous un bras, le sac vide à la main – « Non non, gardez-le, je n'en ai pas besoin », avait-il insisté –, je l'ai regardé redescendre le terrain, tout entier ramassé sous ses étroites épaules. Je suis rentrée ranger les livres. Au fond du sac, une petite carte rectangulaire, imprimée rouge sur fond noir, a appelé mon attention :

Marabout réputé, efficace et diplômé. Tél. 06…

Démons porteurs de malchance, mauvais œil, sort. Prières, philtres, spiritisme, magie d'appel aux esprits. Tous moyens utilisés pour rétablir la paix autour d'un individu ou au contraire lui apporter la complication.

Tarifs étudiés selon difficulté.

Carte oubliée au fond du sac ou laissée par Benoît à dessein ? Déjà utilisée ? Le rectangle rouge et noir brillait entre mes doigts.

Paulus avait peut-être raison, je les avais vexés. Puis tenté de les amadouer avec des gestes maladroits. Je pouvais bien encaisser quelques manifestations de rancœur, si c'était le prix. Pourtant j'avais cru, à un moment... Mais non, pas encore, trop tôt. Quand ils auraient craché leur amertume, nous serions quittes et on me laisserait tranquille avec ma vue sur le Rien.

Il fallait tenir. Je m'y ferais.

*

Juillet, sociabilité. Inviter, proposer, fixer des dates. Soumettre le nouveau décor de mes jours à ceux qui m'avaient connue dans un autre. Visites réjouissantes et vaguement déstabilisantes : je me targuais d'être indifférente à l'avis de mes amis, nul besoin d'une validation de quiconque, mais je bandais déjà mes arguments pour défendre Les Huies, au cas où.

Début juillet, Laurence est venue passer trois jours, nous nous sommes serrées dans la cabane, chacune dans un duvet épaule contre épaule à chuchoter dans le noir, en mémoire de nos huit ans.

Peu avant le 14 juillet, Léopold, ex-petit ami, a fait un détour de quelques heures par Les Huies avant de poursuivre vers Chamonix.

Christine, elle, a choisi le pont du 14 juillet – quatre jours en posant un seul RTT, c'était avantageux m'a-t-elle expliqué. Nous avons dormi à la cure, elle dans mon lit, moi sur un futon.

Une randonnée avec l'une, une courte promenade avec l'autre, un pique-nique avec la troisième.

Laurence ne s'est pas plainte de la météo changeante ni des orages, elle flottait, engourdie par une douleur diffuse : sa mère était en train de mourir et elle apprivoisait cette idée. Le mauvais temps est une contrariété de bien portant. Son téléphone restait allumé, même la nuit. Sa mère était en sursis, elle le savait, dès son retour il lui faudrait affronter le grand saut. En attendant, Laurence aspirait l'air frais, de longues inspirations pour deux. Ses yeux roulaient sur le paysage, je supposais que chaque combe de la montagne était, pour elle, pleine de cette mort imminente, cette abstraction qui prenait forme à nouveau, peu de temps après la mort de son père.

Moi, c'était fait depuis quelques années, dans le même ordre : le père d'abord, la mère ensuite, en plus espacé. Laurence était une amie d'enfance, j'avais connu ses parents et elle les miens, chacune avait vu l'autre devenir orpheline. Orphelines adultes, déjà âgées, mais orphelines.

Elle, moi, Léopold et Christine et tous les autres du même âge, nous avions soudain enchaîné les enterrements : cousins, oncles, tantes, amis de nos parents, parents de nos amis, puis nos propres pères et mères, et nous nous retrouvions d'un coup, tous, en première ligne. Horizon dégagé, à vue. La prochaine rafale serait pour nous, peu importait notre santé, qu'on soit svelte, fringant, luttant contre l'arthrose et le cholestérol, en forme malgré un sein en moins, ou l'utérus ou la prostate, ce n'était pas une affaire d'âge ni de condition physique, mais de position : jamais nous n'avions vécu sans nos devanciers formant un fragile rempart devant nous. Cette fois, les devanciers, la prochaine génération à mourir, c'était nous.

Beaucoup d'entre nous se disaient soulagés de l'inquiétude qui avait baigné les dernières années de vie de nos parents : fini la crainte de la mauvaise nouvelle, du coup de fil en pleine nuit, des annonces médicales ; libérés.

Libérés mais terrorisés : la roue avait tourné d'un cran.

Quand j'ai emmené Laurence jusqu'au terrain du Lovely, nous avons lentement gravi la prairie, je lui ai montré la cabane, les framboisiers, la combe : voici mes luxueuses emplettes, ai-je avoué. Elle a fait quelques pas, silencieuse, mains ouvertes, émue. J'ai expliqué mon intention de laisser les lieux nus, désigné le contrebas. Laurence sait voir ce genre de choses. Je me demandais si cette aptitude avait un lien avec sa foi dans les médiums, son lien possible avec d'autres mondes. Elle a tout embrassé des yeux, murmurant :

— C'est formidable. Je reviendrai, tu sais, oh oui ! Je reviendrai voir *ça*.

Christine était de bonne humeur et parlait beaucoup. Elle avait encore quelques mois à travailler dans la grande entreprise où j'avais terminé ma vie salariée. Elle s'habituait au service Formation, m'expliquait les contours de ce nouveau *challenge*, coupant son exposé de mille souvenirs sur notre compagnonnage professionnel, anecdotes, prénoms, jargon :

— Faut que je te raconte ce qui est arrivé à Jean-Philippe au dernier séminaire.

— Jean-Philippe ?

— Tu te souviens pas de Jean-Philippe ? De la DSI ?

— Non.

— Mais si, enfin, Jean-Phi ! Bah, Jean-Phiphi, quoi !

Jean-Phiphi ? Ah oui, peut-être, vaguement. Mon Dieu que c'était loin, clichés brouillés d'une fraternité de circonstance. Mes souvenirs étaient déjà fondus, décolorés comme un forfait de ski des années quatre-vingt retrouvé dans un vieil anorak. Ce que nous fabriquions, de quoi nous parlions toute la journée, oublié. Ne me revenait que la sensation d'un flux continu d'urgences molles, réunions et comptes rendus, procédures absconses, mots de passe, ça oui, ça me revenait, les mots de passe indispensables, j'avais encore au bout des doigts « Leo2018&& » ou « ADMIN19 ».

Fumée froide.

Qu'avais-je partagé avec tous ces Jean-Phiphi ?

Nous autres les Ressources humaines, la Compta ou l'Informatique, la Maintenance ou la Sécurité, étions des *fonctions transverses*. Une fois de temps en temps, au moment du café, le matin, quelqu'un disait « Mon fils a tenté de se suicider », ou « Ma femme s'est barrée », ou « J'entre à l'hôpital demain ». Les autres lui répondaient « Ça va aller, il paraît que ça s'opère bien. Ma belle-sœur a connu ça, tu veux le nom de l'association qui l'a aidée ? ». Après ça, on lui envoyait le compte rendu de la dernière réunion, car c'est ce qu'on trouvait de mieux à faire, c'était bien cela qui nous liait bon gré mal gré : une communauté de travail. Y garder une place aidait à guérir, médecins et psychologues ont toujours été formels sur ce point. Ce qui compte, c'est de continuer d'appartenir au groupe ; c'est dire si nous sommes des animaux adaptables.

Christine bouclait son dossier de retraite, c'était pour l'année suivante, et elle commençait à comprendre qu'elle n'aurait pas lourd pour vivre : un temps prof d'anglais à temps partiel, ensuite comptable en autoentrepreneuriat, gérante d'une petite boutique puis de nouveau salariée, chargée de recrutement et finalement chargée de formation, son relevé de cotisations était une dentelle fragile. Vaillante et positive malgré l'adversité, elle abordait cette nouvelle étape avec un courage joyeux, bien que nerveux. Son fils unique en perpétuelle mission humanitaire, son ex remarié, brouillée avec son frère, elle avait souvent déménagé, pour moins cher, plus excentré, plus modeste, et chaque fois perdu des mètres carrés, des meubles, des relations de voisinage. Retraitée, il lui faudrait à nouveau réduire son train de vie, quitter la région parisienne, abandonner ses cours de céramique.

En France, 300 000 personnes de plus de soixante ans vivent en état de mort sociale, me souvenais-je en l'écoutant. Des retraités qui ne voient personne, ne parlent à personne, ni famille ni amis ni voisins, qui ne se sont fait connaître d'aucune association ni paroisse ni employé de mairie. Le profil type, c'est une femme de plus de soixante-quinze ans à revenus modestes. C'est parmi elles que figurent les morts solitaires et sans soin, celles dont le corps ne sera découvert que longtemps après, déjà décomposé.

Je n'en ai rien dit à Christine. Rien non plus de la pente, ni du Lovely détruit, ni de la cabane. Je l'ai emmenée marcher vers les Blêts, pique-niquer au col.

Elle lorgnait sur les champs; l'idée qu'elle pesait alors était de s'installer dans une yourte mongole, n'importe où pourvu qu'elle trouve un terrain à louer:

— Tu l'as regardé, le docu sur les yourtes que je t'ai envoyé? T'as vu, je t'avais dit! Ça marche, ils en vendent. Y a au moins, pfiou! encore plus, même, qui s'installent là-dedans! Me suis inscrite sur le groupe Facebook « Gens en yourte ». Décroissance! Retraites pourries, aussi. T'as vu les loyers, t'as vu? Même toi, ici, la cure, bon, mais au bout de deux, trois ans? Là, pour 2 000 euros, yourte et montage complet. Super bien agencé, toile isolante, grand pour moi. Bon, forcément: tri, tri! Tri drastique! Après, faut le terrain, tout est là. Avec électricité, ah si, et l'eau aussi. Un terrain à louer, genre ici, genre ce village... tu vois ce que je veux dire?

Christine avait toujours eu un débit rapide, mais ces phrases à trous, c'était nouveau. L'angoisse? Ou l'essoufflement?

Rentrant des Blêts, nous sommes passées devant chez madame Saintioz, qui nous a saluées: Christine m'a enviée d'être si bien intégrée au village. J'ai tenté de lui dire que justement je m'y prenais mal, et qu'ici comme ailleurs, les autres restaient une énigme mouvante, mais nous avons encore croisé coup sur coup Jules puis Benoît, et chacun a eu un signe aimable. Trois personnes qui vous saluent en une promenade, comparé à la vie urbaine, c'était une ovation.

Léopold n'avait pas vraiment changé, à peine vieilli. Fringant, toujours un peu trop chic, bronzé, « hâbleur », auraient dit nos mères. Brillant et drôle, rapide. Fuyant, aussi, rapidement impatienté. Solitaire contrarié, qui donnait mal le change. Je l'avais connu dans un centre équestre où il montait son propre cheval tandis que Violette prenait des leçons, elle avait onze ans. Moi, les chevaux m'effrayaient et c'était visiblement réciproque. Ça avait fait rire Léopold. Il était devenu mon petit ami. Violette et lui s'étaient tolérés quelque temps. Trois jours de vacances par-ci, un week-end par-là. Léopold me faisait des déclarations d'amour étrangement surjouées, comme pour se convaincre. Elliptique, évasif, subitement ulcéré. J'aimais son physique de play-boy démodé, son humour, son sens esthétique, mais après quelques jours je refermais la porte sur lui avec un soupir, comme on referme des mots croisés trop difficiles. Ravie de me retrouver seule avec Violette. Lui et moi avions tenté de bonne foi de relancer la chose. Par orgueil, pour en avoir le cœur net. Mais non, ça ne prenait pas. Et puis, je m'en étais doutée, il avait une autre histoire, avec une femme mariée.

La nôtre avait paisiblement pris fin et, dès lors, nous avions pu causer librement. Nous n'étions d'accord sur rien, mais nous aimions en rire.

Léopold passait dîner de temps en temps, nous emmenait visiter une expo ou un jardin et puis repartait, et chacun s'en trouvait bien.

Léopold sortant de sa berline sur la place des Huies, c'était incongru. À peine m'avait-il embrassée qu'il a demandé :

— Tu ne te déclasses pas un peu, tout de même, à vivre dans ce genre d'endroit ? C'est carrément plouc, non ? Pourquoi tu n'es pas retournée en Normandie, où tu allais quand la petite était petite… C'est animé toute l'année là-bas, et Deauville à portée de roues ! Ou alors Annecy, ou au moins Chambéry ? Sur le plan culturel, Grenoble, c'est un peu pauvre, non ? C'est quel département ici, déjà ?

J'ai répondu mollement, et proposé un café au Balcon.

— Enfin, tu sais ce que j'en pense, a-t-il conclu. À ta place, j'aurais visé la Provence : un mas, une piscine, quelques oliviers, là, oui, tu es sûre de ne pas te planter.

Léopold a tenu à visiter l'église, l'a jugée quelconque, le mot m'a scandalisée. Il a eu envie de marcher. Le calvaire et ses promesses gravées dans le marbre feraient un but. Les mains dans le dos, ses mocassins de daim clair évitant les flaques du chemin des Pluies, il a lancé :

— Bon, et sinon, quels sont tes projets ? Toi qui faisais toujours des listes de projets…

— Des listes ?

— Ah oui, tout le temps. Ne me dis pas que tu ne te souviens pas ! Tu affinais sans cesse ta liste, et chacun devait annoncer la sienne. Qu'est-ce que t'étais chiante avec ça. Et culpabilisante, ah ah ! Mais bon, au fond, c'était drôle, c'était positif !

Il a ri de tout son coffre. J'ai ri aussi. Il a ri encore plus fort.

Ça me revenait. C'était un peu douloureux mais ça me revenait. J'affichais alors une ambition joyeuse. Chaque année, je me promettais bruyamment d'explorer mille choses, avec l'inquiétude sourde que chaque article de la liste ne soit qu'un truc dans une liste de trucs. La teneur artistique ou humanitaire d'un projet n'y changeait rien, au contraire. Des listes de chouettes choses à faire pour oublier ce dont on était peut-être démuni, ce qui n'a pas de nom et ne se décrète pas, ce qui ne s'achète pas, ne se travaille pas.

— Telle que je te connais, tu as bien une idée derrière la tête en t'installant ici ? a glissé Léopold, badin.

Je n'ai pas moufté. Lui expliquer la pente vide, la cabane à outils... non, je voyais déjà la tête qu'il ferait, inutile. Au-dessus de mes forces.

— Non, je t'assure, ai-je affirmé. Pour l'instant, je laisse flotter.

— Tu déprimes ?

— Mais pas du tout ! C'est dingue, ça : quand je fais des listes, je suis chiante, et si je n'en fais pas, je déprime !

— C'est pas grave, ça arrive ! Tiens, elle n'est pas mal cette croix, mais ce banc est vraiment une ruine. La municipalité ne fait rien ? Il est à l'abandon, ton bled...

Nous étions à deux pas du bas du terrain. J'ai fait demi-tour avec un grand sourire et déclaré que c'était l'heure de déjeuner.

Face à chacun d'eux je m'étais sentie solide, sûre de mon choix, prête à défendre les charmes et le climat des Huies avec la mauvaise foi d'un autochtone. Je les avais accueillis plantée bien droite dans mon nouveau territoire, maintenue au sol par mes débuts de racines, minces mais vigoureuses. Chacun d'eux était solidement planté ailleurs, mais en se penchant, on avait pu se rejoindre et se toucher du bout de la main. C'était déjà ça.

Je pouvais maintenant reprendre ma verticale, pousser plus profond encore, écarter mes bras-branches et ouvrir, élargir. J'allais bien.

Sauf quand je croisais Zoé.

Cette petite me faisait douter. Son adorable silhouette à ressorts me jetait les années à la figure. À quoi bon l'enthousiasme quand on a passé les sept ans, me disais-je. C'est un leurre, un déni, et je ne veux pas me mentir. Dans mon miroir de poche, je cherchais trace de la petite Léonore et trouvais un visage aux joues dégringolées, modelées par la grimace. Une fois, ce spectacle m'avait portée sur le point de pleurer, j'avais vu ma lèvre inférieure se tordre comme celle d'un enfant. Ça m'avait fait rire, d'un coup.

Cela n'avait rien à voir avec le dépit : il existait des millions de jolies jeunes femmes, et des millions de belles femmes mûres, c'était une bonne nouvelle pour le monde. Zoé, c'était autre chose. Ludion moqueur sorti d'une faille extratemporelle, sa présence ouvrait une encoche, un pli mal refermé sur le souvenir d'années plus animales, sans mots, sans peur, sans objectifs sauf un, total, gigantesque : tout vivre. Les années d'enfance, en bouffée vertigineuse.

Je ne pouvais tout de même pas m'accroupir pour dessiner dans la terre avec un bâton, la jupe en l'air, les pieds poussiéreux et les barrettes de traviole.

En présence de Zoé, attendrie mais mal à l'aise, je tentais de discuter avec naturel, sans prendre le ton bêtifiant dont on use avec les petits, sans la toiser non plus. Quand je la croisais avec sa mère, la petite s'exclamait :

— C'est Néolore !

La mère, vaguement souriante, confiante, savait que Zoé passait souvent me voir avec Kevin et Léon, je leur donnais à goûter, relaçais les chaussures de la petite, boutonnais son gilet : elle ne m'en faisait ni reproche ni compliment, ce qui me semblait une bonne formule.

Un jour, nous avons été en août. La lumière contenait déjà des poussières de feuilles mortes, et l'ombre des arbres coulait sur le terrain dès la fin d'après-midi. La nuit, je remontais ma couette sous le menton.

J'ai emmené Zoé, Kevin et Léon au lac Saint-André, entouré de vignes, chauffant son eau douce dans le giron de la Chartreuse. Je me suis tenue près de Zoé tout le temps qu'elle a passé à se jeter dans l'eau depuis un minuscule rocher, les bras soulevés par ses brassards rouges.

Elle s'est enfin assise sur l'herbe, je l'ai frictionnée sans quitter des yeux les garçons qui chahutaient plus loin.

— Tiens, prends un biscuit, tu dois avoir faim.

— Oui.

— Et remets ton tee-shirt, on est à l'ombre. Tu as vu, les jours raccourcissent, l'été est en train de finir.

— Ah bon.

— J'aime tellement l'été. Juin, surtout. Tu aimes aussi l'été ? C'est quand même chouette, il fait chaud, on est en vacances, ça sent bon...

Zoé a haussé les épaules.

— Je m'en fiche, de l'été. Moi j'aime bien Noël... et mon anniversaire ! C'est après la rentrée, pas longtemps après.

— Ah oui, forcément, Noël... Mais les débuts de l'été, quand même... le dernier jour de classe, et la fête de l'école ?

— Bof. La maîtresse, elle est énervée, elle crie dans le micro, les garçons courent partout. Je préfère Noël.

Elle s'en foutait, de l'été, elle *préférait Noël.*

D'un coup, dégrisée, soustraite au charme de Zoé.

Une enfant, avec ses joies et soucis d'enfant. Bien sûr. Elle à sa place, et moi à la mienne.

Évidemment qu'elle s'en foutait ! À six ou sept ans, chaque instant apporte son lot d'aventures, de nouveaux rituels ; tout est à connaître, à goûter, peu importe la saison. Tout est au présent, pas le temps pour le futur. Sauf Noël, ah oui ! Noël, le prochain Noël.

Ses mots m'ont secouée, sortie de la trouille.

Moi, je m'en foutais pas, de l'été. Pas du tout, même, et s'il m'en restait beaucoup moins à vivre que Zoé, la consolation était de savoir précisément ce que valait le retour de la lumière, inexorable mais toujours surprenant. Je n'aurais plus jamais six ans ni le corps assez léger pour sautiller, en échange j'étais lestée de l'usure nécessaire pour savourer la venue de la saison faste, le prochain mois de juin et le suivant, et encore celui d'après, tant que ça pourrait. Attendre la belle saison, la vivre avec application.

De soulagement, j'ai failli embrasser Zoé, mais elle s'était relevée pour appeler les garçons, vexée qu'ils s'amusent là où elle n'avait pas pied.

J'ai ramené les enfants au village, raccompagné Zoé chez elle : sa mère s'est réjouie de cette sortie au lac, et sa confiance paisible m'a tenu lieu de médaille.

J'ai filé vers le terrain et la cabane, âgée et pourtant légère, débarrassée de toute morsure d'enfance, prête à me couler dans mon présent, quelle qu'en soit la durée. En haut du terrain, au moment de mon rituel demi-tour vers le vide, une lueur phosphorescente a surgi, un bref saut des atomes hors d'eux-mêmes, sorte d'éclair en plein jour. Encouragements ? Félicitations ? J'ai cligné des yeux, je n'ai pas crié.

12

En août, le Balcon restait ouvert pour les randonneurs, les citadins venus prendre l'air, et ceux des Huies qui ne partaient pas.

J'ai repris les marches dans le massif, exploré quelques parcours plus longs. Parfois en compagnie de Paulus, parfois seule. Chemins sableux en pente douce sous les épineux, ravines de racines et cailloux blancs roulant sous les semelles, verrous rocheux abrupts, si polis qu'ils en luisaient, plateaux herbeux, clairières de gentianes. Mettre régulièrement un pied devant l'autre et, encore et encore, changer de versant, de perspective, d'altitude, un pas après l'autre. Les muscles chauds, arriver à un col planté d'une croix, à un refuge ou à un lac, un point de vue sur un vallon ou un sommet, un monde entier, complet, lisible.

Je flottais sur un nuage d'endorphines, convaincue d'avoir tout compris. La formule magique de la vie était simple, je la tenais sur le bout de ma langue.

Une fois redescendue à la cabane, les genoux gourds, la formule s'était évaporée. J'en riais en m'écroulant dans l'herbe.

Les orages espérés sont arrivés, lâchant de larges et lourdes gouttes que la terre absorbait avec des soupirs odorants. Après quoi, le ciel nettoyé clignotait d'un bleu plus foncé, d'une lumière plus dure : l'été finirait donc.

La dernière fois que j'avais regardé mon téléphone – de deux cents fois par jour, j'étais passée à cinq ou six, puis à peine une, tout juste déshabituée d'inspecter incessamment mes mails, SMS, comptes WhatsApp, Instagram, Signal et quoi encore –, j'avais découvert deux mails datant de trois jours :

Plus que 24 heures, chère Léonore, pour bénéficier de notre offre exceptionnelle d'abonnement au Revenu Agile, site en ligne de conseils en placements ! Notre focus cette semaine : comment récupérer sa mise après la liquidation de votre start-up ! Pour souscrire, rendez-vous sur www.revenu-agile.com

Ça va, petite maman ? Je me demandais comment se passait cette préretraite (j'essaie de m'habituer au mot…). Il faut voir du monde, t'inscrire à quelque chose, ne pas rester seule, promis ? Je repars jeudi au Japon mais bof, pour une fois, j'aurais préféré ne pas. Je t'appelle bientôt. Bisous+++++

Ce dernier mail déjà écrasé par un SMS du matin même :

Suis à la gare de Grenoble, je loue une voiture et j'arrive. T'expliquerai. Ne t'inquiète pas.

Comment ça, *j'arrive* ? Là, ici ? Violette aurait dû être au Japon, pourquoi cette visite imprévue ? Le message datait de dix heures quinze, il était quarante. Dans quelques minutes, elle découvrirait ma retraite, ce village, ce que j'y avais moi-même découvert ; ou plutôt, ce que j'avais décidé de m'approprier ; ou disons, ce terrain que j'avais choisi d'acheter ; enfin : ce que le hasard avait mis sous mon nez... Je ne savais plus comment présenter les choses.

Le trac. La trouille.

Ce décor qui commençait à m'être familier, je le balayais soudain avec les yeux de Violette et n'en reconnaissais plus rien. Prête à me moquer de tout, comme pour anticiper ses critiques, je commençais déjà à ricaner devant ce champ, cette route bitumée atrocement banale, oh Violette tu as raison, j'y vois plus clair, ce village n'a aucun intérêt, je...

Du calme.

Et mon allure pour l'accueillir ? Avec ce short coupé dans un vieux jean, ces sandales moches achetées en magasin d'usine... Elles m'ont plu sur le moment, et oui je sais que tu n'aimes pas ce style, mais comprends-moi, ce genre est très porté par ici... Violette !

Je suis partie à sa rencontre. Une Fiat rouge a surgi du virage, s'est garée devant l'église. J'ai vu le rapide regard circulaire de Violette, première estimation des lieux. Elle m'a aperçue, s'est parée d'un bon sourire. Pressant le pas l'un vers l'autre, nos corps se sont rejoints devant le monument aux morts. Violette, ma Violette, mon chef-d'œuvre non signé, ma toute petite, pourtant obligée de se pencher pour m'embrasser. Serrer un peu trop fort cette grande gigue qui avait été minuscule trésor, étreindre l'adulte et retrouver les contours frêles d'autrefois, sentir encore frémir le trésor minuscule.

La haute stature de Violette, et cela n'a rien à voir avec sa taille. Altière, en jean huilé, chemise claire à coupe stricte, ballerines de daim couleur déjeuner de soleil. Sa hanche nerveuse. Son front haut et ses cheveux blonds, de ceux dont on fait les mythes. Sa bouche moelleuse, son regard droit.

Parfois elle m'intimidait.

Nichée dans mes bras, elle s'est laissé embrasser, renifler, son gracieux cou blanc offert à mes *bisous* appuyés, comme une biche aurait consenti un câlin à une femelle orang-outan.

— Ma fille ! Finalement, tu es venue jusqu'ici.

— En Isère ! a-t-elle répondu en riant.

— Tout va bien ?

— Moi ? Oui, et toi ?

— Oui ! Pourquoi ? J'ai pas l'air ?

— Si si. Tu m'expliqueras, pour tes *shoes* ? Un moment d'égarement ?

Nous avons éclaté de rire.

C'est alors que j'ai remarqué ce nouveau tic : sourcils soulevés, lèvres pincées comme pour bloquer la montée d'une bouffée, panique ou envie de pleurer, ça durait une seconde.

— Tu viens pour le week-end ? ai-je demandé avec tout le détachement dont j'étais capable.

— Peut-être un peu plus. Je vais voir. Ça ne te gêne pas ?

Sourcils levés, lèvres pincées.

— Tu plaisantes ? Au contraire ! Ça alors, quelle bonne nouvelle. Je vais te donner les clefs de mon petit appartement, moi je dors dans une cabane qui commence à être confortable, tu vas voir.

— Une cabane ?

— Je t'expliquerai.

Onze coups ont sonné à l'église, je ne les aurais pas notés si Violette n'avait pas sursauté. Après la seconde série de onze, elle a dit :

— Mmhh, intéressant. Très inspirant. La puissance de la volée, j'ai l'impression d'avoir été frappée ! C'est si fort que ça devient un volume en trois dimensions, une création plastique aléatoire...

— À propos de création plastique, et ton boulot alors, le Japon ?

Sourcils, lèvres.

— Je t'expliquerai, comme tu dis... T'inquiète pas !

Nous sommes arrivées au pied du terrain. J'ai renoncé à décrire la maison (détruite), la piscine (comblée), la gloriette (démontée). Le tennis. Le bunker. La folie de Marlone. Plus tard, peut-être. J'ai pressé le pas vers la cabane, je guettais le moment où Violette se retournerait vers la combe, par instinct ou par hasard.

Mais Violette ne s'est pas retournée, elle a inspecté la maisonnette, a souri comme devant une fantaisie un peu puérile. Elle s'est promenée d'un côté du terrain, puis de l'autre, est redescendue en longeant les lisières, remontée en diagonale. Dans la maisonnette, elle s'est assise à la petite table, sur une des deux chaises en paille. J'ai préparé du thé avec des gestes lents, comme dans les films américains quand on comprend qu'un dialogue capital va survenir, confession ou révélation, et que le montage en souligne l'imminence. Les deux héros s'assoient, s'isolent des autres, se raclent la gorge, la scène dure une seconde de trop pour être anodine.

C'est alors que Paulus a toqué à la porte, en même temps qu'il s'engouffrait dans la pièce en me tutoyant. À la vue de Violette, il a stoppé net son pas et sa phrase, a rougi, bredouillé, l'a saluée, répétant « Ta fille, enchanté, ta fille... », puis a reculé vers la sortie en se cognant et s'excusant. Il a refermé la porte au milieu d'un mot.

Violette s'est levée pour aller à la fenêtre. Je savais ce qu'elle voyait : le dos large de Paulus redescendant la pente, les pans de sa parka et ses boucles grisonnantes battant l'air.

J'ai versé le thé, ai poussé une tasse vers Violette.

Elle a eu une mimique qui, dans notre code, signifiait suspicion d'affaire amoureuse. Je lui ai souri d'une certaine façon, qui signifiait qu'elle avait vu juste. Elle a ri, mon cœur a bondi, et j'ai ri avec elle.

Notre dialogue important s'était éloigné.

Nous avons causé de ce qui remplit les jours mais n'a pas de gravité, des amis que j'avais reçus, des endroits où je faisais mes courses, de la météo locale. J'ai ensuite répondu à ses questions sur cette fameuse préretraite, sur la suite de hasards et décisions qui m'avaient menée ici, sur Marlone, la maison, et puis Paulus. Sans dire tout à fait mon angoisse de n'être qu'une statistique, ni ma découverte de la pente, ni mon entêtement à m'y accrocher, encore moins la discorde avec ceux des Huies. J'ai aplati, amoindri, simplifié. D'abord, je voulais que Violette me pense forte. Mais aussi, il est toujours difficile d'énoncer à voix haute de fragiles élans intimes sans avoir l'air d'expliquer un problème de plomberie un peu obscur.

Je lui ai ouvert l'appartement de la cure. Du coffre de la petite Fiat, elle a sorti un énorme sac de voyage. Nous avons déjeuné au Balcon, où elle m'a vue répondre à ceux qui me souriaient, un œil curieux sur elle. Trop belle et trop blonde pour être sa fille, pensaient les uns, trop jeune pour être une amie, pensaient les autres, mystère.

Nous avons croisé Jules, qui a rougi en nous saluant, avant d'émettre un reniflement très mesuré.

La présence de Violette modifiait légèrement les comportements, comme une touche de couleur déplace l'équilibre d'un tableau.

De retour à la cabane, j'ai déplié les chaises longues. C'est là que Violette, s'installant sous le soleil, a aperçu le vide. Se redressant pour le fixer, yeux dans les yeux pour ainsi dire. Piquée, interpellée, immobile face à la combe, une longue minute.

Elle s'est relevée pour chercher son smartphone, a pris des photos. Qui devaient certainement contenir le Rien tout entier mais je n'ai pas demandé à vérifier, je faisais mine de feuilleter un hebdo mouillé de rosée.

Elle s'est rassise dans le transat.

Comme quand elle était enfant, elle a tendu son bras entre nos chaises pour que j'en caresse la pliure. De son autre main, elle consultait ses messages, avec, de temps en temps, un coup d'œil au vide.

Elle s'est endormie.

Je suis restée près d'elle avec mes questions, de celles qu'on ne pose jamais, ou au mauvais moment, ou de travers.

Quand Violette s'est réveillée, elle a consulté sa montre, l'œil soucieux. Bon, elle allait reprendre ses esprits, m'annoncer son programme, ses urgences, la nécessité de rentrer travailler à la cure. Il faudrait lui parler du faible débit internet, ce qui allait la contrarier. J'ai louvoyé :

— Ma Violette chérie, si tu as du boulot, sens-toi libre de rentrer à la cure, je suppose que tu as apporté ton ordinateur ?

— Tu as vu, ils cherchent une employée au Balcon, a-t-elle répondu, lente et vague. Et si je postulais ? Ce serait drôle. Ça me changerait.

J'ai ri de travers.

— Tu plaisantes ?

— Oui, quoique... Je n'ai pas d'urgence, là tout de suite. Je suis off. Tout à fait off. Je me suis bien adaptée au Japon, à New York, à Singapour, pourquoi pas à ce village ? Les cloches, nouveau défi. Et ce temps qu'ils prennent pour rendre la monnaie, intéressant aussi.

— Mais... et ton agence ?

— J'en ai assez de l'agence. Je crois bien, oui, et même depuis un bon moment. Je bâcle le boulot et tout va de travers. Le Japon, ça a très bien démarré avec Osawhy et les cosmétiques interâges. Le contrat m'a ouvert les portes d'un autre marché, à Kyoto. Énorme contrat. Mais j'ai tout fait foirer. Je leur avais vendu le triptyque « border, cadrer, souligner *(edge, frame, underline)* » à décliner pour du linge de maison et du maquillage. Triptyque faible, j'en conviens, vaguement soutenu par Mondrian et Klee... Bref. J'étais en pleine présentation aux responsables du groupe, et là je me suis... écroulée. Pas physiquement, mais mentalement. Un blanc. Je ne trouvais plus le fil, il n'y avait pas de fil. Quel fil ? J'ai été prise d'un monstrueux fou rire, quelque chose de dément, tu aurais vu ça ! En fait, plutôt une crise de nerfs, d'ailleurs ils ont fini par me donner un calmant. Je crois que je vais revendre mes parts à mon associé, il n'attend que ça. Et puis... je laisserai venir.

J'aurais aimé crier de joie, mais je ne voulais pas me réjouir de ce qui la peinait encore. Je l'ai étreinte comme pour la consoler, me suis cachée dans ses cheveux pour jubiler.

Elle a pleuré, puis bravement souri. La liberté, le moindre gain de liberté a souvent les abords angoissants d'une crête abrupte sur laquelle il faut se tenir un moment, fouettée par un vent glacial. Une fois passé la crête, ça s'arrange.

Quelques jours plus tard, Paulus, Léon, Violette et moi finissions une tarte aux abricots à l'ombre des sapins, tous quatre assis sur mon nouveau banc : un tronc mort traîné là.

Zoé a surgi de la pente, phasme à couettes, ses petits pieds glissant dans ses sandales, ses genoux couronnés soulevant sa jupe, bras brindilles levés pour entraîner sa course, poings fermés à l'assaut :

— Néolore ! Néolore ! Le chanteur, il est là. Il est au Balcon.

— Zoé ! Mais de quoi tu parles ?

— Le chanteur, il est là ! Le chanteur de ta maison d'avant, le chanteur ! trépignait Zoé.

— Marlone ?

Jules arrivait derrière, rouge et soufflant, bouche pincée, narines dilatées. Il a ôté son panama blanc pour saluer, s'est épongé le front, a expliqué :

— Un type a déjeuné au Balcon, la table à côté de la mienne. Il a posé sa carte bleue sur le comptoir et j'ai vu ce nom, pas Marlone mais son vrai nom, Clarion...

— Clarion ? Jean-Michel Clarion ?

— Exactement. J'ai tiqué parce que j'avais entendu Paulus prononcer ce nom... Le hic, c'est que ce type ne ressemble pas du tout à Marlone.

— Il est habillé comment ?

— Hélas, comme tout le monde ! Un pantacourt informe, un tee-shirt hideux, des baskets.

— Ah non, ça colle pas. Qu'est-ce qu'il viendrait faire ?

Paulus et moi, on s'est regardés.

— Récupérer ses meubles ? a suggéré Jules dans une moue ironique.

Zoé scrutait l'un puis l'autre, les yeux ronds pour mieux nous écouter, inquiète et excitée.

— Vous m'expliquez, oui ou non ? a demandé Violette.

— Jean-Michel Clarion, c'est le type qui avait tout ce terrain. Et la maison qui était dessus. À qui j'ai tout acheté. Marlone, c'est son nom de scène.

Dit comme ça, ce n'était rien.

Jules réfléchissait :

— Il sait quand même que vous avez rasé la maison ?

— Pas vraiment.

Violette a haussé les sourcils.

— C'était l'obsession de votre maman ! a sifflé Jules, faussement respectueux, minaudant devant Violette. Tout raser, place nette !

— C'était hideux ! ai-je crié.

— C'était en ruine, surtout, a complété Paulus.

— Qu'est-ce qu'on va faire ? a demandé Léon.

Au bas du terrain, un groupe de jeunes gens arrivait, de ceux qui avaient visité le bunker. Invisibles la plupart du temps, tout à coup ils se trouvaient là, en grappes. Ils tournicotaient, chuchotaient, subitement riaient fort et levaient des yeux vers nous, puis se détournaient et revenaient à une sorte d'attente morose. Ils battaient la semelle, guettaient on ne savait quoi.

C'était un jour de grande chaleur. Vélos et mobylettes continuaient d'arriver dans la poussière dorée. Les gamins se sont massés en bas de la pente, puis plus haut, sur l'herbe. Certains passaient parce qu'on leur avait dit que d'autres étaient là. Ils disaient « Je fais juste un tour, j'accompagne mon frère », ils disaient « On m'a dit qu'il se passait un truc, c'est quoi, y a quoi ? ».

Une heure a coulé.

Nous ne bougions pas de notre poste devant la cabane, eux ne bougeaient pas du terrain, rien n'advenait.

J'en ai vu qui observaient sans le vouloir la combe en contrebas. Ils râlaient. Il ne se passait rien et beaucoup ne le supportaient pas. Sondés à ce sujet, 75 % des 15-24 ans déclarent avoir plusieurs fois par jour la sensation de *perdre leur temps*, et ils trouvent ça odieux. Étrangement, au lieu de s'aggraver avec l'âge, cette impression s'atténue : les 35-49 ans ne sont plus que la moitié à se plaindre, et les 65 ans et plus, qui pourtant entraperçoivent le trou du sablier, ne sont que 32 % à s'impatienter. Est-ce à dire que le temps *gagné*, *dégagé*, aura finalement déçu ?

J'ai aperçu Mirton se frayer un chemin parmi les groupes d'adolescents. Il me cherchait, voulait me questionner : qu'est-ce que je mijotais au juste ? Est-ce que je préparais un happening ou un truc comme ça ? Un meeting politique ? La moindre des choses était de clarifier mes intentions !

Je l'ai rassuré : la politique, ce n'était pas mon truc.

— Mais tout est politique..., a-t-il murmuré en s'éloignant.

C'était bien la première parole intéressante que je l'entendais prononcer.

Paulus, parti aux nouvelles, m'a passé un coup de fil : le présumé Jean-Michel Clarion avait quitté le Balcon après avoir déjeuné seul, selon les observateurs. Il avait commandé plusieurs digestifs, avait échangé quelques mots avec ses voisins de table sur la météo, après quoi on l'avait vu sortir, se promener un peu et finalement s'endormir sur le banc derrière l'église, à l'ombre. Il dormait toujours. Personne n'imaginait le réveiller.

Le soleil a commencé de descendre vers la Chartreuse, les ados jouaient à quelque chose sur leur téléphone, se prenaient en photo, fumaient. Je me suis avancée vers eux.

— B'jour m'dame ! Ah, on est chez vous, c'est ça... Vous voulez qu'on bouge ?

— Non non, aucune importance. Mais je me demandais : qu'est-ce qui vous amène tous ? On dirait que vous attendez quelque chose.

— Il paraît que Marlone est au village, l'autre fou, là, le DJ. Il va peut-être passer vous voir ? Ça nous ferait marrer de le rencontrer. Vous savez rien ?

— Vous êtes sûrs que c'est bien lui ?

— Bah, il paraît...

Bientôt, un type est arrivé au bas du terrain. Un pékin plutôt petit, visage blême sous une banale casquette d'où s'échappaient des cheveux poivre et sel. Un tee-shirt uni trop grand, un bermuda fluo délavé, des baskets, une sacoche en bandoulière.

Les mômes ont levé un œil, l'ont rebaissé. Léon, qui s'amusait non loin avec quelques copains, m'a lancé discrètement un certain regard. J'ai posé un doigt sur mes lèvres. Je retenais mon souffle, debout devant la cabane. Le pékin a longtemps scruté le terrain, tournant la tête en tous sens comme s'il cherchait quelque chose.

Il a monté la prairie, droit sur la cabane, et quand il a été tout près, alors oui j'ai reconnu son visage, démaquillé et nu, plus fin que je n'aurais cru, malgré les cicatrices, les rougeurs, les bosselés.

Il a levé les yeux, a chuchoté :

— Salut Léo. Chut ! Incognito.

— Marlone ! ai-je chuchoté.

— Non non non ! Jean-Michel. Tu vois Marlone ici, toi ? Quel Marlone ? M'en parle même pas.

Même sa voix était différente, plus grave, plus lente.

On s'est étreints brièvement, il sentait la liqueur de framboise et le médicament.

Je lui ai présenté Violette. La cabane et ses nouveaux équipements. Il n'y avait rien d'autre à lui montrer, plus rien.

— Tu ne m'en veux pas ?

— C'est très bien comme ça, Léo. Zen. Mais ça fait bizarre. J'ai cru que je m'étais trompé d'endroit !

— Tu étais peut-être venu pour... pour revoir la maison ?

— Non. Je suis revenu pour l'enterrement d'un oncle, pas loin d'ici, dans la vallée. C'était hier. Mizeux, c'est à une trentaine de kilomètres, plus bas. Hier soir, j'ai dormi chez un cousin, je devais partir ce matin, et puis je me suis dit...

— Comment, mais... Tu es né par ici ?

— Eh oui. J'ai même grandi dans le coin, mais je me suis barré dès que possible. Je suis revenu beaucoup plus tard, avec l'autre couillon, pour cette fichue bicoque. J'aurais pas dû. C'est bien, comme ça, les fleurs, l'herbe, rien d'autre... C'est bien.

Nous lui avons fait du thé.

Violette s'est mise à discuter avec lui, finaude, faussement indifférente, faisant mine d'ignorer qui il était :

— Moi je découvre le coin, je suis arrivée il y a peu. Je fais un genre de break professionnel. Gros break, même.

Jean-Michel a souri tristement :

— Ah ouais ? Moi aussi, c'est le mot. Gros break. Tunnel, black-out, même. Je suis au fond. Tout au fond.

— Bah, c'est un truc à vivre. Prenons ça comme un voyage pénible mais nécessaire. On trouvera bien une suite, il y a forcément une suite.

— Tu parles. Je ressemble plus à rien.

— C'est très bien, de plus ressembler à rien ! Ça repose de son personnage habituel. On redevient une page vierge, tout neuf. On peut projeter ce qu'on veut ! On n'est plus tout à fait ce qu'on était, pas encore quelqu'un d'autre, c'est intéressant.

Je tendais l'oreille, toutes mes antennes et décodeurs déployés.

— Ouais, a répondu Jean-Michel. C'est le seul truc bien : je parle à des gens qui ne me reconnaissent pas, ils me prennent pour un pauvre con au bout du rouleau, ce que je suis, d'ailleurs. Ils n'attendent rien de moi, on parle bouffe ou météo, c'est cool...

— Mmmhh. Même quand on est au top, a poursuivi Violette d'un ton badin, quand on pense être au sommet, au mieux de sa forme, il y a toujours quelqu'un pour penser qu'on est qu'un pauvre con au bout du rouleau. Le succès, c'est très relatif, ah si, c'est prouvé.

— T'étais dans quoi, toi ? a demandé Jean-Michel.

— On pourrait dire « créatrice de concepts esthétiques ». Et toi ?

— Expert de la *vibe* disco, on pourrait dire...

Jean-Michel s'est tourné vers moi :

— Dis, Léo, qu'est-ce qu'ils font là, tous ces gamins ?

— Aucune idée. Ils prennent l'air, je suppose.

Léon venait de brancher le tuyau à l'arrivée d'eau, ses copains hurlaient de joie d'être aspergés. Les plus vieux des ados ont protesté pour la forme, avant de se jeter torse nu et de rouler, eux aussi, sous les gerbes dont jaillissaient de brefs arcs-en-ciel.

Jean-Michel s'est allongé dans un transat, a soupiré paisiblement. Du bas de la pente, une musique montait, on a nettement reconnu un des titres de Marlone, lancé sur un iPhone et deux mini-enceintes, le son poussé au maximum. J'ai cru que Jean-Michel allait se fâcher ou se mettre à pleurer, et puis non. Il écoutait. Faute de rencontrer Marlone, les mômes écoutaient ses tubes.

Yeux fermés, Jean-Michel faisait mine de somnoler.

La chaleur et les tensions du jour tombaient, les gamins se faisaient sécher dans l'air mauve. Les titres de Marlone se succédaient, quelques filles assises dans l'herbe bougeaient les épaules en rythme. Benoît est arrivé avec des bouteilles de sangria de sa confection, a distribué des gobelets de plastique, Léon est allé chercher chez lui un stock de sucreries, d'autres distribuaient des chips, des biscuits, Paulus coupait du saucisson. Les conversations et les rires montaient, les corps s'agitaient dans le soir mais plus lentement, comme dans l'eau obscure et épaisse d'un bain de minuit.

Les plus petits couraient, excités par le flou du moment. Les plus grands chantaient et dansaient sur la musique de Marlone, conçue pour déplier les nerfs et les muscles des plus rétifs. Jean-Michel les regardait de loin, comme les timides en soirée regardent les danseurs.

Jules a surgi de la pénombre, le visage figé de courage, sans froncement de nez, sans reniflement ni mimique. Il s'est penché vers Jean-Michel, chuchotant quelque chose, lui a montré un carnet, tendu des feuillets, puis a reculé d'un pas, respectueux, patient, déterminé. Jean-Michel s'est redressé, s'est frotté les yeux, a demandé quelque chose à boire, non, de l'eau, surtout pas d'alcool, uniquement de l'eau. Il a invité Jules à s'asseoir.

Jean-Michel s'est mis à lire. Plus il lisait, plus Marlone ressuscitait, revenait à la surface de son visage, malgré la peau nue et les vêtements banals : la posture, peut-être, et cette lueur dans les yeux, ou cette façon de replacer ses cheveux. Marlone revenait.

Personne, sauf Violette et moi, ne prêtait attention à ces deux types penchés sur des feuilles, qui se parlaient à coups de hochements de tête. Marlone-Jean-Michel s'est mis à marmonner un texte, à le slamer. Je l'ai vu sourire, s'agiter, battre le tempo d'un pied, puis saisir d'autres feuilles que Jules, fébrile, tétanisé d'espoir, lui tendait une à une avec respect.

Violette et moi avons échangé un sourire.

Il avait bossé, Jules, il offrait ce qu'il avait puisé de meilleur en lui. Il avait écrit des chansons, spécialement pensées pour Marlone, il l'avait fait, lui, et ce n'est pas moi qui me serais moquée de son courage, de son audace.

La sangria était finie, de petits flacons d'alcool circulaient entre les gamins, et des cigarettes roulées, odorantes. C'était une fête de peu, un rassemblement sans thème ni *dress code*, sans meneur ni sono, une fête quand même.

Tout ce monde flottait sur la pente dans le début de nuit. Plusieurs fois, j'ai aperçu une jeune fille ou un jeune homme interrompre son rire, son chahut, pour devenir soudain songeur, happé par le vide et le dénuement des lieux, et contempler le noircissement du ciel. C'est en tout cas ce qu'il m'a semblé.

Allongée sous les étoiles, je savourais cette improbable concorde. Paulus est venu s'asseoir près de moi, il m'a pris la main et j'ai serré la sienne, et je savais que ce simple geste, devant tous, était une audacieuse déclaration que nous nous faisions. L'obscurité nous a bientôt enveloppés, trouée de briquets, de cigarettes, d'écrans de téléphone. Plus tard, la Voie lactée a émergé du fond de l'univers, s'est couchée au-dessus de nous.

J'ai somnolé, peut-être.

Puis, des voix inconnues :

— J'te dis qu'elle veut rien construire sur ce terrain, c'est quand même con, t'as vu la place que ça fait ?

— Bah, elle a acheté, elle fait ce qu'elle veut.

— Ouais mais ça craint, on aurait pu faire plein de trucs ici…

— C'est vrai, ça craint, elle se prend pour qui la vioque ? Le vide, ça va, c'est pas ce qui manque, par ici. C'est même pas tondu, son truc. Je me suis pris des ronces en allant pisser !

— Ha ha ha !

— C'est la mode… Les Parisiens, ils disent pas mauvaises herbes, ils disent adventices ! J'te jure. Un jour elle viendra pleurer qu'elle est envahie, faudra le tracteur pour lui virer son roncier et ses orties.

Yeux fermés, oreilles ouvertes, j'ai fait le mort un moment. Quand j'ai rouvert les yeux, Paulus avait disparu, l'aube devenait aurore. Une eau jaune et rose s'échappait des mailles fines de la nuit anthracite, la lumière montait de seconde en seconde, l'herbe était de moins en moins bleue. Je suis rentrée me coucher à la cabane, où Paulus dormait déjà.

— Paulus ?

— Mmhhh…

— Est-ce qu'ils ont remarqué la combe ? À ton avis ?

— Avec ce qu'ils ont fumé… peut-être.

— Pff… Un jour, ce sera une chose exceptionnelle. On la cherchera et on se prosternera devant.

Pendant que le soleil montait, un message arrivait sur mon téléphone :

Thank you for all, my lovely lovely lovely Léo !

Soirée top cool
Mister Jules est peut-être ma chance ! Wait and see !
Keep in touch
Marlone (who else ???)

13

Début septembre avait lieu la randonnée annuelle du maire, ouverte à tous. On y voyait surtout des citadins, Grenoblois ou Lyonnais, et les plus récemment installés aux Huies. Je me suis jointe à la trentaine d'inscrits. Au petit jour, nous sommes montés dans un car conduit par Damien. Concentré, mutique. Il saluait chaque passager d'un hochement de menton, sans tourner la tête, pour ne pas croiser les yeux de son père quand il monterait. Au pied d'une piste forestière, deux ânes porteurs de pique-niques nous attendaient. Nous nous sommes élancés en file, au rythme des bêtes. Le gris-jaune de leur robe épaisse, la noirceur impassible de leurs yeux enfoncés, la cadence régulière de leur pas : les ânes sont des mages rassurants.

D'abord, la balade a été encombrée d'installations incongrues : dès le parking, un panneau indiquait le parcours canin – en vert –, le parcours pour ânes – en bleu –, et le sentier équestre – en brun. Sous les arbres étaient éparpillés des cerceaux, des tunnels, des haies, on aurait dit un minigolf. Plus haut, le long du chemin de grande randonnée, sur un replat aménagé, le départ de la zone multisport conçue vingt ans plus tôt, aujourd'hui abandonnée aux fougères : piste de cross, piste de VTT, parcours d'ultra-trail, tyrolienne. Pylônes rouillés, revêtements fendus, panneaux à terre.

Paulus a soupiré :

— Ça n'a pas pris. On a trop traîné. Quand les travaux ont été finis, Les Karellis avaient déjà ouvert une piscine et un parcours d'accrobranche, Lans-en-Vercors avait son départ d'ULM et de parapente… Même Chamrousse a investi dans une via ferrata ! On ne peut pas lutter.

Sur le plateau herbeux que nous traversions, un parcours découverte aux panonceaux colorés et au lettrage enfantin expliquait la faune et la flore locales. Un peu plus haut, à hauteur des blocs caillouteux, une piste de bobsleigh en construction, abandonnée elle aussi lorsque la station de La Plagne avait inauguré la sienne.

J'ai demandé tout bas :

— Dis-moi, se contenter de marcher en respirant à fond, c'est toujours légal ?

Paulus a haussé les épaules.

— C'est facile de critiquer. Cette montagne, c'est notre patrimoine ! Il faut bien faire vivre la région…

Mais après tout ça, enfin, il n'y eut plus que du caillou, de la moraine, des reliefs de glacier terreux, quelques mélèzes et beaucoup de chardons, des mousses et des gentianes, et du ciel au-dessus de nos têtes, du ciel autour et entre nous ; très haut, un couple d'aigles y traçait patiemment un double cercle.

Nos yeux se posaient sur des lignes de fuite, des strates et des pics, des failles, des troncs secs, de la roche encore, ronde, cassée, hérissée ou lisse, en éboulis ou en muraille, majuscules et minuscules d'une langue oubliée. Dans une gamme de blanc, brun et gris, des perspectives s'ouvraient et se fermaient sans cesse comme la pensée fluctue ; le bruit des souffles, des pas, le ripement d'une semelle, l'odeur métallique de la roche brûlante, les battements de cœur aux tympans, au bout des doigts. Du contrebas montaient des tintements de cloches.

Tirer sur ses hanches et ses épaules, suer et souffler, observer Paulus parler aux ânes en leur souriant. Considérer, au bout de quatre heures et mille mètres de dénivelé, qu'objectivement tout allait bien, à tous points de vue.

Sur les bancs de bois d'un refuge cerné de rhubarbe sauvage, en compagnie d'inconnus qui me semblaient paisibles et bienveillants, j'ai posé au centre de la table un énorme Tupperware de framboises; leur parfum, confiné dans le plastique tiède, a explosé dans l'air vif, provoquant des cris d'admiration. À cette distance, les crêtes étaient plus avenantes, moins définitives ; j'en scrutais les détails, cols, failles et passages, pics érodés. La montagne finirait par s'ouvrir à moi, de courbe en combe, de butte herbeuse en lac glacé.

*

Quelques semaines plus tard, je suis descendue en plaine faire des courses. À la poste, j'écoutais deux types devant moi :

— Tu fais toujours de la musique, au fait ?

— Bah oui.

— Tu te souviens, tu disais que tu voulais composer un tube ?

— Je vais le faire !

— Tu disais que c'était pas la peine de s'emmerder à écrire des albums et des albums, qu'il fallait faire un bon coup et vivre dessus toute une vie. C'était ta théorie.

— Je maintiens. Un gros coup et ensuite, la rente. Un seul tube, mais planétaire ! Après ça, les gens attendent la suite, ils guettent, y a des rumeurs... mais en fait, pas besoin de suite, ça gâcherait tout. T'es devenu un mythe : plus tu te tais, plus tu vends. Comme une star qui vient de mourir. Pareil.

— Ah ouais... Un tube et puis, pfuit ! plus rien.

— Plus rien, jamais !

— T'as commencé à composer ton tube ?

— Évidemment ! Mais je fignole, attends : faut pas se louper.

Je pensais à ce sondage américain paru récemment : on avait demandé à des centaines de personnes si elles menaient la vie professionnelle dont elles avaient rêvé enfants : non, bien sûr, à 78 %. Parmi les 22 % ayant réalisé leur vœu, 88 % *seulement* étaient heureux, satisfaits. Ça faisait quand même quelques déçus du rêve. La bonne nouvelle était que parmi les autres, les 78 % n'ayant pas transformé le rêve en réalité, la grande majorité était quand même satisfaite de son sort de remplacement, à 70 %. Atteindre ou non son rêve, ça ne faisait pas tant de différence.

Violette, elle, peut-être, rejoindrait les 22 %. Elle avait quitté Les Huies mi-septembre, décidée à reprendre la peinture et le dessin, pratiqués autrefois du bout des doigts. La vente de son agence lui permettait de *voir venir*. S'il le fallait, elle assurerait de temps en temps quelques missions en freelance. Elle reviendrait me voir, et écouter les cloches.

— Si tu as besoin de calme, n'hésite pas ? avais-je demandé simplement. Je vais rendre l'appartement de la cure, mais Paulus pourrait te loger chez lui, et lui viendrait à la cabane.

— D'accord. Et si toi tu as besoin que je vienne, ou envie, tu le dis aussi, hein ?

— Bien sûr que non, puisque j'ai toujours envie de te voir !

— Dis quand même, en cas de besoin.

Ça allait. Je me disais que ça allait. Je tenais debout, mes racines se renforçaient, trouvaient l'eau. Paulus était devenu... quoi d'ailleurs, comment dire ? Un amour ? L'espoir d'un amour. Quelqu'un pour qui exister ? Oh non, non. Dangereux, pas ça. Disons quelqu'un avec qui tenter de... Non, pas construire, pas ce mot-là. Ensemble, nous n'aurions pas d'enfant, ni de prêt immobilier, ni parts de PME ni SCI ni compte joint, nous ne serions ni cocontractants ni coassurés ni caution l'un de l'autre, ni conjoints survivants ni ayants droit ni légataires, nous serions ce qui reste, à part ça, avant tout ça, quand ça tremble encore. Deux souverainetés fatiguées amarrées l'une à l'autre, savourant le clapot, le vent du large.

Pas construire, mais poursuivre.

J'ai terminé mes courses, suis remontée aux Huies. Paisible, roulant dans la lumière d'octobre, jaune et amortie. J'avais pris l'étroite route des Fermes, qui serpente à flanc de côte, de hameau en hameau, et passe au-dessus du *trou* : un profond ravin ayant longtemps servi de décharge, désormais interdit sauf pour y déverser des végétaux. Au fond de la gorge naturelle croupit toujours un amoncellement de machines à laver et grille-pain, minitels et autres nanars imputrescibles, toute une inutilité ferrailleuse à peine corrompue par les années. Par-dessus, sans cesse renouvelé, un matelas de branchages, feuilles mortes, pelouse tondue et fleurs fanées.

Faute de radio, j'avais allumé le haut-parleur de mon smartphone pour écouter les hits de Marlone. Il m'exhortait à la joie. Je fredonnais, j'avais foi en tout ce qui adviendrait, même en Paulus, même en vieillir. Selon les sondages, 57 % des plus de soixante-dix ans pensent possible une nouvelle vie amoureuse, alors, à même pas soixante !

Je battais le rythme sur le volant, accélérant sans le vouloir, pour le plaisir de sentir la voiture répondre ; je rentrais aux Huies, *chez moi*. Je conduisais comme on soupire d'aise, dans un fugace et violent bonheur.

Mais alors, comme un scrupule, un remords, Éric le médium m'est venu à l'esprit. Il a surgi et je n'ai plus vu que lui, pour ainsi dire collé au pare-brise. Éric et sa dégaine banale et, à côté de lui, comme son astérisque, Frédéric, le fragile nouveau-né, mon aîné muet mais attentif, insistant encore : es-tu si sûre de ne pas avoir loupé quelque chose ? As-tu vraiment vu ce qu'il y avait à voir ?

Arrivée au niveau du *trou*, absorbée par mes pensées, j'ai failli ne pas tourner, ou j'ai tourné trop peu.

L'aile droite a raclé à grand bruit la glissière de sécurité, pour une fois qu'il y en avait une. J'ai freiné brutalement, me suis garée plus loin, jambes coupées. Tremblante, j'ai fait le tour de la voiture en respirant profondément. L'aile était rayée, légèrement enfoncée.

Je suis repartie lentement, warnings allumés.

Je n'ai pas fait réparer la voiture. Ça me faisait comme un pense-bête : penser à voir ce qu'il y a à voir, y compris les virages.

*

Une nouvelle année a commencé.

J'ai fait quelques remplacements de serveuse au Balcon, le poste étant régulièrement vacant. Geneviève Chillon, dubitative, a toléré mon essai sans trop commenter. Mais chaque fois que j'ai voulu reparler de Colette, expliquer que j'avais été désolée de son départ, Geneviève m'a interrompue, paume levée devant un sourire crispé.

Servir au Balcon m'a permis de situer d'autres visages, d'autres voix du village. Quelques-uns se sont étonnés de me trouver là, derrière le comptoir, je n'étais donc pas si riche. D'autres ont reconnu que je prenais visiblement plaisir à doser le vin blanc sur le cassis ou l'eau sur l'anisette, à rendre la monnaie, remettre un jambon entier sur la machine de coupe, ou balayer. Et c'était vrai, j'aimais sentir ces gestes s'emboîter dans un grand puzzle dont le motif se précisait, même si les contours restaient incomplets.

La fenêtre de la cabane a été équipée de volets, et le toit prolongé d'une avancée au-dessus de la porte, après qu'un matin je n'ai pas pu l'ouvrir à cause de la neige.

Le Rien était toujours là. Avec l'hiver, l'entre-les-monts n'était souvent qu'une nappe brumeuse plus ou moins boulochée, plus ou moins dense, qui empêchait toute perspective. Il fallait attendre que le vent se lève ou que la lumière tourne : soudain, la nappe se trouait, par ce hublot apparaissait un pan de terre, de forêt, et tout l'espace se réagençait, distances et alignements.

Certains beaux jours de froidure, le vide était pris sous une immense cloche de cristal aux parois scintillantes. Elle recouvrait le bas des massifs et le début de la vallée, les champs ras et les prés nus, le fouillis roux des bois secs, les taches noires des sapinières, et tout ce qu'on ne voyait pas, la petite faune galopante et fouisseuse, les oiseaux nichés, les racines en dormance, les vers xylophages lovés sous l'écorce, les filaments de champignons courant dans le sous-sol, les larves attendant que ça se réchauffe. Le cristal était silencieux, sauf quelques corbeaux ou le braiment d'un âne. Avant de rentrer dans la cabane, toujours je me retournais pour embrasser le paysage.

Je n'étais jamais sûre d'avoir bien *vu*.

Un jour, quelques silhouettes sont apparues au bas du terrain. Leur allure un rien solennelle, leur tenue sombre et leur pas retenu, en file, disaient que ce n'étaient pas de simples promeneurs. Ils ont levé les yeux vers le carreau, comme pour m'interroger de loin. Je me suis reculée de la fenêtre pour leur laisser le champ libre. Sont d'abord passés des membres de la famille Chillon, qui ont lentement arpenté la terre, mains dans les poches, puis stationné à tel endroit, yeux au sol, comme en prière.

Le grand-père! ai-je fini par comprendre quand ils ont déposé une bougie. Le grand-père Chillon est ici, partout, saupoudré sur le terrain. Ils viennent se recueillir, bien sûr.

Plus tard, d'autres familles sont venues, dont je ne savais pas le nom. Trois fois, j'en ai surpris, à l'aube, qui répandaient le contenu d'une urne. En demi-cercle, marmonnant des chants ou des prières, fixant les quelques mottes de terre élues pour absorber leur aïeul, puis repartant sans bruit, sans avoir osé planter ni plaque ni croix. Alors chaque fois, après leur départ, j'ai cherché les traces de cendres – l'herbe gelée les avale en quelques minutes. J'y ai enfoncé un tuteur, puis planté une bouture de noyer donnée par madame Saintioz.

Quatre noyers à ce jour, à distance les uns des autres.

Le cinquième est à l'écart, plus haut, près des sapins. Il est dédié à mes parents et grands-parents, à mon grand petit frère né et aussitôt mort, à tous mes devanciers.

Cinq arbrisseaux qui se dressent à bonne distance des autres fruitiers – madame Saintioz m'a prévenue :

— Un noyer adulte, ma pauvre ! C'est un ogre d'ombre, il tue ses voisins, faut bien les espacer !

Sur les quatre premiers, j'ai accroché une étiquette de cuir, l'une marquée « Chillon ». Peu à peu, les trois autres familles sont venues inscrire leur patronyme.

L'élection municipale a eu lieu. La seule liste étant celle de Mirton, je ne suis pas allée voter. Paulus est passé me voir après la fin du dépouillement :

— Bon, c'est fait, il est élu. On ne sait toujours pas ce qu'il va en faire, mais il la voulait, l'écharpe.

— Mince.

— Ouais. C'est comme ça. Il a fait un petit speech, annoncé des débats sur des projets, et des projets de débats, une refondation de la relation avec les administrés, comme il dit. Ah oui, il veut aussi « réactiver les projets de mise en valeur du patrimoine naturel ».

— Ça veut dire quoi ?

— Ouvrir un nouveau sentier de randonnée, et une cafétéria au col des Oies. Et il a promis de trouver un terrain pour les drones.

Le printemps approchant, j'ai planté des sorbiers des oiseaux, des rosiers, des poiriers et d'autres framboisiers. Un matin que je creusais la terre encore dure, j'ai vu monter Marie-Claude Chillon. J'ai levé une main noire pour saluer ; elle a eu un petit geste sec, qui pouvait aussi bien être un bonjour que l'ordre de ne pas m'occuper d'elle. Elle a inspecté les plants de noyers, puis s'est dirigée vers moi sans sourire, mais je sais maintenant qu'elle ne sourit jamais et ça ne me gêne pas. Parfois le sourire n'est qu'une parade pauvre, un bredouillement gêné, et Marie-Claude n'est pas du genre à bredouiller :

— C'est une bonne idée, les noyers. Y a le temps avant qu'ils ne soient des arbres, mais c'est bien.

Elle s'est tournée, a regardé le vide, enfin il m'a semblé. Elle a continué :

— Quand j'étais petite, cet endroit, là-bas en face, ça m'angoissait un peu. Mon grand-père conduisait ses bêtes au champ d'en bas. On passait par ce chemin et ce creux me fichait la trouille. Ça date d'un soir qu'il faisait de l'orage. J'étais à l'arrière du troupeau, tout était bleu et noir, le ciel et les arbres aussi, et j'ai cru entendre que ça parlait, là-dessous. C'était peut-être le vent ou le meuglement des bêtes et ma cervelle gamine a fait le reste. Je tendais l'oreille, y avait des mots j'en étais sûre mais... impossible de les comprendre. J'ai eu peur, et ça m'est resté longtemps. Enfin, la vie a passé. Vous l'aviez remarqué, ce grand baquet de vide ? Des dévers, par ici, ça ne manque pas, mais celui-là est spécial.

Je n'osais pas répondre, encore moins me lancer dans mon propre récit du Rien. J'ai marmonné un genre d'acquiescement. Elle a repris :

— C'est aussi pour ça que je tenais à le disperser ici, le grand-père. Je sais bien, allez, que j'aurais pas dû m'y prendre comme ça. Venir avec les autres et intimider le maire avec mes cendres...

J'ai protesté :

— Oh, ça, n'en parlons plus ! C'est oublié.

— On viendra voir l'arbre, de temps en temps, on ne dérangera pas davantage.

— Avec plaisir, quand vous voulez. Ce terrain est un peu devenu un jardin du souvenir secret, c'est très bien.

Nous avons regardé le loin, ensemble. Il faisait vif, le ciel vibrait d'une lumière neuve, presque douloureuse à l'œil, qui élargissait la vallée. On distinguait nettement chaque feuille, chaque caillou, jusqu'à loin. C'est alors que j'ai *vu*.

Une rampe de ferraille, sur la gauche, dans l'ombre de la combe d'en face, au-dessus des feuillus. Ça, ce truc. Là, sous mon nez. Tout ce temps sans le remarquer. Une rampe épaisse, de plusieurs mètres de long, surplombant quelques marches plantées de guingois, un début d'escalier ne menant nulle part, garde-corps face au vide. Le tout d'un métal brun-rouge grumeleux, effiloché comme un dessin à la sanguine essuyé d'un revers de manche sale.

Une rampe qui avait pour ainsi dire toujours été là.

C'était comme découvrir un mot supplémentaire dans une phrase apprise par cœur.

Comme je désignais la chose à Marie-Claude, elle s'est étonnée :

— La vieille rampe ? Eh bien quoi ? Elle date des années soixante. Un projet de site panoramique, je crois. C'est impossible à entretenir, là-bas. Trop pentu, trop loin de la route, tout raviné à la pluie. On a laissé pourrir la ferraille.

•

Dès le lendemain, j'ai montré la rampe à tous ceux que je croisais. L'avaient-ils déjà repérée ? Qu'en pensaient-ils ? Cette fois, il ne s'agissait pas de montrer le vide mais au contraire une chose précise, la trace de l'homme, de cette manie qu'il a de remplir l'espace.

•

J'ai fait venir Jules, ai pointé la rampe du doigt. Il a froncé les sourcils, soupiré, reniflé. Il savait bien, oui, que des ferrailles traînaient dans la combe, tout comme de nombreux pylônes abandonnés ponctuaient la montagne ; c'est ainsi : toutes sortes de pylônes et rampes rouillées encombrent inutilement nos vies, a-t-il conclu, ronchon. Il s'en foutait, de ma rampe : Marlone n'avait pas encore fait le signe attendu, pas de nouvelles de la collaboration évoquée le soir de la fête. Jules souffrait, se demandait s'il devait attendre ou quitter le village, tenter ailleurs.

Il avait dans les yeux son habituelle colère douloureuse, la lueur de ceux qui ne sauraient pas être heureux, jamais. Une aimable compagne, de beaux enfants ou un succès professionnel ne suffiraient pas. Il faisait partie de l'indénombrable légion de ceux qui n'y parviennent pas, qui n'ont pas repéré le chemin, ne le trouvent pas, ou le trouvent constamment barré. J'avais envie de lui dire que ce n'était pas grave, que cette histoire de bonheur était un peu une arnaque, qu'on pouvait se débrouiller autrement, que ce n'était pas vital.

En France, 99,987 % des gens réussissent à traverser leur vie sans se suicider.

Benoît a également été consulté sur la rampe. Il m'a d'abord doucement interrogée sur mon moral, ma façon d'occuper mes jours, tête penchée, me scrutant comme s'il hésitait sur un diagnostic.

Il a dû plisser les yeux pour repérer la chose. Ah oui, peut-être, il avait oublié ce truc. Ce n'était pas très important, mieux valait se concentrer sur l'avenir. En quoi me gênait-elle, cette rampe ?

Il est reparti, presque soupçonneux.

J'ai prétexté auprès de Violette que son avis était indispensable, elle est revenue sans se faire prier. Elle avait apporté un appareil photo, muni d'un puissant zoom : grossie dans le champ de vision, la rampe de ferraille était moins laide, plus abstraite, on pouvait en admirer le grain épais, la limaille rouge. À l'œil nu, une fois repérée dans le paysage, je ne voyais plus qu'elle.

Le jour anniversaire de mon arrivée aux Huies, je suis descendue en plaine acheter des chalumeaux portatifs, des recharges de gaz, quatre masques protecteurs, des gants et de grands sacs à dos. Paulus, à qui j'avais exposé mon projet de nettoyer la combe de la rampe abandonnée, avait froncé les sourcils :

— Ah mais c'est que... c'est un bois communal, et pas le nôtre. Ça appartient à la commune des Ferrons, le village en aval. T'es drôle, toi.

J'avais insisté. J'avais le matériel. J'étais prête. Et surtout, j'avais des informations, un nouveau projet en tête, vaste, excitant, bien plus vaste que la pente, même si c'est exactement là qu'il avait pris son élan.

En fouillant le Net, j'avais appris le nombre de tonnes d'équipements industriels, touristiques ou agricoles qui gisaient dans nos montagnes. Obsolètes, rouillant sur pied, s'effritant lentement, des Alpes à l'Ariège, du Puy-de-Dôme aux Vosges. Rampes, mâts, cabines, câbles, blocs de béton, bâtiments techniques, pylônes, canalisations, machines, barbelés... Après l'abandon d'un projet, après une faillite, un héritage bloqué ou une nouvelle réglementation frappant les lieux d'interdiction. Pas loin de deux cents minuscules stations de ski avaient ainsi été laissées en plan, mangées par la corrosion et les ronces, tout comme des centaines d'embryons d'usines, restaurants d'altitude faillis, téléphériques pour carrières taries, funiculaires emportés par les éboulis.

L'obligation légale de démonter une installation en fin d'exploitation n'existait que depuis 2016. Pour toute installation exploitée en amont de cette date, les équipements devenus obsolètes pouvaient être oubliés sur place, rien n'avait été imaginé pour l'empêcher.

Le champ d'action était gigantesque, dépassant largement ma vision binoculaire d'humain moyen. La rampe servirait à se faire la main, on pourrait ensuite attaquer la zone multisport abandonnée. Pour commencer.

Je comptais dévoiler mon projet par étapes, ne pas tout dire aussitôt à Paulus. Un chantier après l'autre. J'en riais *in petto*.

Un matin de mars, Paulus, Violette et moi sommes donc partis pour la combe, chargés de lourds sacs. Sur la place de l'église où nous nous sommes retrouvés était déjà garé un vieux pick-up. Paulus s'est étonné :

— C'est le pick-up de Damien ?

— Damien ? a demandé Violette.

— Mon fils, a répondu Paulus d'une voix de gong.

Damien a effectivement surgi du Balcon. Père et fils se sont imperceptiblement salués, veillant à masquer toute émotion. Nous nous sommes mis en route, nous trois devant, Damien derrière, comme s'il nous suivait par hasard. Comme je le lui avais demandé, il avait apporté son groupe électrogène portatif, indispensable. Nous nous sommes garés au début du chemin de terre, avons enfilé nos sacs à dos, Damien suivait, son générateur à bout de bras. La piste était d'abord facile, à découvert, mais ensuite il a fallu descendre dans de la mauvaise ravine caillouteuse, jusqu'aux bois.

En face, au loin, j'apercevais la montée douce du Lovely, son évasement jusqu'à la cabane minuscule.

Ça faisait drôle d'être de ce côté-ci, du côté du Rien, dans ses soubassements. Je respirais à peine, craignant de dissoudre un charme. Découvrir l'envers des choses est toujours un peu risqué, la foi est si fragile.

Parfois je distançais Paulus et son fils pour les laisser ensemble, mais Damien s'en tenait au silence.

Nous sommes arrivés à la rampe, soutenue par huit tubes rongés. Les marches étaient en métal hérissé, comme dans les stations de ski. Je les ai prises en photo, ce serait *l'avant*, déjà réjouie d'imaginer *l'après*: rien que la roche sédimentaire, et ce qui voulait bien pousser dessus.

Distribution des équipements de soudure, relecture des notes prises auprès du vendeur, mais déjà Damien branchait les bonbonnes - oxygène et acétylène -, dénouait les fils, réglait la flamme, d'abord large et jaune, puis étroite et bleue.

Paulus a marmonné un sourd avertissement, parlé de condamnation pénale, de violation de propriété communale. J'allais interrompre son ronchonnement en lui disant ce que j'avais appris, mais il a enfilé ses gants et le casque, s'est approché de Damien :

— Réduis un peu le débit d'oxygène, a-t-il doucement suggéré.

Et Damien a réglé la machine.

Par binômes, nous avons découpé la rampe, les tubes de soutien et le métal des marches, creusé autour des piètements et dessouché au pied-de-biche. Les odeurs de métal, de gaz, les fumées et les étincelles avaient formé autour de nos têtes une fantaisie blanc et bleu, un halo joyeux. Nous avons rempli nos sacs de morceaux de métal, entassé ce qu'il faudrait venir rechercher. Ce qui avait existé avait tout simplement disparu, et l'espace libéré sonnait comme un répit. Excitée par cette première soustraction, je souriais à l'idée de tout ce qu'il y avait à démanteler dans le coin.

Paulus a secoué la tête :

— Tout de même, c'est illégal ce qu'on fait là.

— Pas du tout, nous sommes en plein vide juridique !

— Nous faisons ce qui aurait dû être fait, a déclaré Violette.

— C'est un entraînement, ai-je annoncé. Avant d'attaquer d'autres installations abandonnées, plus haut, dans le coin.

Paulus a poussé des cris :

— Quoi ? Allons, voyons ! Infaisable, et dangereux ! Il faudrait des dizaines de containers pour redescendre tout ça !

— On fera petit à petit, morceau par morceau. Il existe aussi des associations qui peuvent nous aider, je les contacterai.

Damien a renchéri, goguenard :

— Faudra du matériel plus adapté. Mais on peut trouver ça et le monter en tracteur.

J'ai applaudi. Damien jubilait, ça lui éclairait les yeux, le transfigurait soudain en homme aussi fort et vaste que son père. Paulus l'a regardé rire, cueilli et joyeux.

Violette a conclu :

— Si on ne revend rien et qu'on descend tout à la déchetterie, nous restons à peu près dans la légalité. Que pourrait-on nous reprocher ? Au pire, on plaidera la désobéissance d'urgence, l'ingérence pour cause de sauvegarde du patrimoine naturel. On fera jurisprudence !

Nous avons levé les yeux vers les crêtes. Dans quelques semaines, les chemins seraient assez secs pour accéder à d'autres rampes abandonnées, d'autres pylônes et câbles inutiles accrochant les yeux comme une méchante limaille.

*

Ce matin, Jules a gravi la prairie quatre à quatre, précédé de son parfum. En grande forme, il a clamé :

— Je pars ! Je pars à Paris demain, rencontrer Marlone. Ça y est, il m'a écrit, on commence à répéter lundi ! Il a un projet avec mes textes. Un grand virage vers le slam, un projet acoustique !

— Jules, c'est formidable !

— Oui. Quelque chose s'ouvre, cette fois. Je le sens.

— C'est extra, dis-je plusieurs fois.

Nous nous embrassons, et Jules s'apprête à repartir, gonflé d'espoir, écarquillé de bonheur. Pas une fois il n'a reniflé ni émis le moindre bruit organique. L'air est doux, l'herbe brille de rosée. Un passereau gracieux, gris-brun sauf la queue rougeâtre, volette autour de nous. Il stationne sur le tronc qui me sert de banc, semble nous écouter, urbain, attentif.

— Il est drôle, c'est quoi ? demande Jules.

— Un rouge-queue, répond Paulus, qui émerge de la cabane.

L'oiseau sautille à nos pieds, pas farouche. Nous l'observons avec amusement. Soudain, il vise la porte et s'engouffre dans la cabane, par-dessus mon épaule.

— Oh non ! crié-je.

Le rouge-queue, affolé, a déjà fait le tour de la pièce et se perche sur un meuble tandis que Paulus, Jules et moi entrons à notre tour. L'oiseau paniqué avise la petite fenêtre, s'y précipite, aveuglé. Il se cogne contre la vitre : on entend le choc du crâne et du poitrail, après quoi l'oiseau, sonné, descend presque jusqu'au sol, glisse le long du mur en battant faiblement des ailes.

Je crie encore, Paulus gronde :

— Allons, idiot, barre-toi ! Mais non, par là !

Juste avant de toucher le sol, l'oiseau repart en titubant, zigzague dans la pièce et s'élance à nouveau de toutes ses forces vers la vitre.

Trois fois il se cogne, son élan fait trembler le carreau ; trois fois nous crions, impuissants et affolés. Paulus ouvre grand la porte, Jules agite un torchon, je bats des mains. Rien ne fonctionne.

Finalement, nous tendons une couverture contre la fenêtre, l'obstruant de notre mieux. Elle devient muette, ne reste que l'appel lumineux de la porte ouverte, le rouge-queue s'y dirige enfin, frôlant le chambranle.

Nous nous précipitons pour le voir en plein ciel, vérifier qu'il s'éloigne sans encombre. Il est à peine dix heures, le soleil monte. C'est par convention qu'on dit que le soleil monte : le soleil bouge peu, c'est la Terre qui se déplace, et nous avec. Nous le savons mais nous l'oublions. Je souris à cette idée. Jules et Paulus pensent que c'est au sujet de l'oiseau. Ils s'exclament en riant :

— Il est sauvé !

Conception graphique : Philippe Apeloig.
Ouvrage réalisé par Cursives à Paris.

Imprimé par Grafica Veneta à Trebaseleghe (Pd).
Dépôt légal : mars 2024.
Imprimé en Italie.

ISBN : 978-2-207-17894-2
613451